Lo más
importante

Kim Lawrence

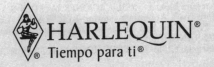

HARLEQUIN®
Tiempo para ti®

NOVELAS CON CORAZÓN

Editado por HARLEQUIN IBÉRICA, S.A.
Hermosilla, 21
28001 Madrid

I.S.B.N.: 84-671-0057-5
Depósito legal: B-34019-2002
Editor responsable: M. T. Villar
Diseño cubierta: María J. Velasco Juez
Composición: M.T., S.L.
Avda. Filipinas, 48. 28003 Madrid
Fotomecánica: PREIMPRESIÓN 2000
c/. Matilde Hernández, 34. 28019 Madrid
Impresión y encuadernación: LITOGRAFÍA ROSÉS, S.A.
c/. Energía, 11. 08850 Gavá (Barcelona)
Fecha impresion para Argentina:16.3.03
Distribuidor exclusivo para España: LOGISTA
Distribuidor para México: PUBLICACIONES SAYROLS, S.A. DE C.V.
Distribuidores para Argentina: interior, BERTRAN, S.A.C. Vélez
Sársfield, 1950. Cap. Fed./ Buenos Aires y Gran Buenos Aires,
VACCARO SÁNCHEZ y Cía, S.A.
Distribuidor para Chile: DISTRIBUIDORA ALFA, S.A.

Capítulo 1

QUINN Tyler cruzó las puertas de la prestigiosa revista *Chic* y se detuvo en el vestíbulo para orientarse. Sabía que si la persona a la que buscaba se enteraba de su presencia, lo echarían a patadas en un abrir y cerrar de ojos, pero su resolución era tan clara como su imprudencia, y estaba dispuesto a cumplir con su misión.

Por su aspecto alto y musculoso, Quinn llamaba siempre la atención, pero aquel día la firmeza reflejada en sus penetrantes ojos verdes, enmarcados en un rostro recio y varonil, lo hizo blanco de más miradas que de costumbre.

A pesar del poder que emanaba de sus amenazadores rasgos, especialmente ante las mujeres, a Quinn no le preocupaba mucho el efecto que pudiera causar salvo cuando pudiera sacarle algún provecho. Como en esos momentos...

Estaba decidido a no irse sin ver antes a Rowena Parrish, y si eso le suponía tener que enfrentarse con los guardas de seguridad o con todo el personal del edificio, eso haría. Endureció la mandíbula y avanzó hacia un mostrador con forma de media luna.

–He venido para ver a la señorita...

–Oh, sí, se va a alegrar mucho de verlo –le dijo la recepcionista echándole una mirada de aprobación. Sus compañeras y ella habían estado cuchicheando desde que lo vieron entrar, y habían llegado a la rápida conclusión de que era el más atractivo de todos los aspirantes al puesto.

Quinn se había preparado tanto para ofrecer resistencia, que aquel comentario desbarató sus planes. ¿Se trataba de otra artimaña de Rowena para librarse de él?

–Bien, en ese caso, iré a...

–Si me dice su nombre, les comunicaré su llegada de inmediato.

–Quinn Tyler –no pareció que su nombre fuera conocido. Bien... Al menos Rowena no había dejado instrucciones precisas contra él.

–No aparece en la lista... –dijo la joven examinando el monitor–. Debe de tratarse de algún error. Pero no se preocupe –añadió con tono alegre–. Lo apuntaré aquí.

Quinn supuso que allí se estaba cometiendo más de un error, pero no iba a ser él quien lo dijera. Todo lo que pudiese acercarlo a Rowena era válido, aunque habría preferido saber de antemano qué papel tendría que interpretar.

No había lugar para los prejuicios, pensó encogiéndose de hombros. Nada podría ser peor que una pelea con el personal de seguridad, ¿no?

—Eso es muy amable por tu parte… —se apoyó en el mostrador y le dedicó una de sus arrebatadoras sonrisas mientras leía la identificación que la joven llevaba en el pecho—, Stephanie.

Dos minutos después estaba en el ascensor, arrugando un trozo de papel con un número de teléfono apuntado, obsequio de la embelesada recepcionista.

Siguiendo las instrucciones de Stephanie, llegó a una sala con una larga fila de sillas. Al entrar se quedó parado de asombro. Todas las sillas estaban ocupadas por jóvenes veinteañeros que, al igual que él, iban vestidos completamente de cuero negro.

Mientras observaba aquella curiosa congregación de motoristas, se abrió una puerta a su izquierda y apareció una mujer menuda vestida con una chillona combinación de rojo y verde. Llevaba un portafolios en la mano y preguntó con voz cansada quién era el primero.

Todos se levantaron a la vez, obviamente ansiosos por ser los elegidos.

La mujer paseó la mirada por la concurrencia.

—¡Usted! —le dijo al hombre más cercano a ella, el único que no había tratado de llamar la atención. Cuando él la miró con sus penetrantes ojos verdes, ella no pudo reprimir un suspiro de aprobación femenina. Sophie estaba acostumbrada a ver de todo, pero no pudo evitar asombrarse al contemplar a aquel hombre musculoso de un metro noventa con los labios más sensuales que hubiera visto en su vida.

—Creo que lo va a hacer muy bien –le dijo con una risita.

Quinn la siguió hasta la habitación contigua, consciente del recelo que dejaba a sus espaldas.

La mujer mayor que estaba sentada tras un escritorio iba complemente de negro. Miró a Quinn durante medio minuto, y se puso en pie esbozando una sonrisa.

—Anna Semple –se presentó, pero en vez de extender una mano, rodeó la mesa y se acercó a él–. ¿Cómo se llama? –Anna se quedó sorprendida de que aquel candidato estuviera mirando la hora en su reloj en vez de estar ansioso por agradar.

—Quinn Tyler –respondió, sin saber si todo aquello lo divertía o lo irritaba.

—No tengo a ningún Quinn Tyler –dijo la mujer menuda consultando su lista.

—No importa –Anna pasó una mano por la manga de la chaqueta de Quinn y volvió a sonreír–. ¿Lleva mucho trabajando en esto, Quinn Tyler?

—Creo que se ha cometido un… –empezó a decir él.

—¿Quién lo ha enviado?

—Nadie me ha enviado.

—¡Iniciativa! Me gusta, ¿verdad, Sophie? Pero…. ¿tiene algún agente? –de no ser así, se abría ante ella una atractiva gama de posibilidades, como la de un contrato en exclusiva…

Aquel hombre perfecto estaba a punto de convertirse en el nuevo modelo de la temporada.

Quinn era un hombre paciente, pero hasta él tenía sus límites. Había visto a granjeros examinar al ganado con más delicadeza que aquella mujer. ¿Lo próximo sería pedirle que abriera la boca para mirarle los dientes?

–Quítese la chaqueta y la camisa, ¿quiere? –le pidió Anna volviendo a sentarse.

Quinn la miró sorprendido y vio que estaba hablando en serio.

–¿Eso es todo?

La mujer menuda pareció sobresaltarse por la respuesta, pero la jefa le dirigió a Quinn una mirada irónica.

–Sí, creo que bastará con eso –Quinn permaneció inmóvil–. No será tímido, ¿verdad?

–No, claro que no –respondió él con sinceridad, pero la idea de desnudarse allí le recordó su principal y único objetivo: Rowena.

Justo cuando iba a decir que no estaba disponible se abrió la puerta a sus espaldas y oyó un par de voces. Reconoció una de ellas al instante.

–¿Tengo tu permiso para la campaña de «Tenerlo todo», Rowena? –le preguntó Sylvia Morrow a su editora.

Rowena era una mujer alta y bonita, con la tez rosada y el cabello rubio ceniza. Era consciente del impacto que producía su esbelto y sinuoso cuerpo en los hombres, pero había llegado a la conclusión de que esa belleza había sido más un obstáculo que una ayuda en la lucha por conseguir sus objetivos.

Desde que se licenció con matrícula de honor, sin dinero y sin experiencia, su inquebrantable ambición la había llevado a esa lujosa oficina y a ese puesto de editora, que, aún a esas alturas, le seguía pareciendo irreal. El camino al éxito no era nada fácil, y con frecuencia tenía que demostrarles a los demás que su juventud no le impedía triunfar en su puesto.

Y sin embargo, no conseguía entusiasmarse por sus logros. Y todo por culpa de una sola persona... Quinn Tyler.

Ignoró convenientemente que ella era igual de responsable que él de su problema.

–¿Te encuentras bien, Rowena? –le preguntó Sylvia al observar que su jefa se llevaba una mano al vientre, envidiablemente liso.

La noche anterior habían asistido a la presentación de un nuevo perfume, y, mientras que Sylvia se mostró incapaz de resistirse a la comida y a la bebida, Rowena apenas probó bocado.

–Estoy bien –dijo con una sonrisa y se apartó la mano. Si no tenía cuidado, la gente empezaría con las conjeturas.

Para alguien que nunca se cansaba de repetir que la maternidad estaba reñida con el trabajo tener un bebé era una situación embarazosa...

–El anuncio... «Tenerlo todo» –le recordó Sylvia.

Rowena hizo un esfuerzo por apartar sus problemas personales, pero por primera vez en su carrera profesional no le resultó fácil concentrarse en el trabajo.

–Ya sabes lo que opino de eso, Sylvia.

Sylvia asintió. No era ningún secreto que su nueva editora jefe veía como unas ingenuas a las mujeres que creían poder combinar una exitosa carrera con una familia feliz.

Rowena no se molestaba en ser políticamente correcta, y Sylvia se preguntaba si su rechazo a los hijos y al matrimonio tendría algo que ver con su obsesión por realizar su trabajo con una escrupulosa perfección.

–Bueno, tengo a varias personas muy ambiciosas que no comparten tu opinión, y algunas ideas que deberían escribirse. No puede fallar –predijo Sylvia–. Una mirada al interior de los hogares de los famosos, con fotos de sus animales, de sus hijos o de lo que sea… Ya sabes, el lado humano y todo eso.

La idea de exponer a los hijos a los medios de comunicación hizo que Rowena hiciera una mueca de desagrado.

–Podría funcionar –insistió Sylvia al ver la negativa de su jefa.

–Puede que tengas razón, Sylvia –aceptó Rowena–. ¿En quién has pensado?

–En Maggie Allen.

–Una elección de actualidad –dijo Rowena arqueando una ceja. Maggie Allen, la nueva cara de una firma farmacéutica, era la típica mujer que parecía «tenerlo todo»: un marido cariñoso, los hijos bien educados y un trabajo con éxito.

Pero, ¿cuánto tiempo pasaría esa Maggie con sus hijos?, se preguntó Rowena. ¿Y cuánto pasaría hasta que su marido se buscase a otra que le hiciera más caso?

—Es la mejor —dijo Sylvia—. Pero espera un segundo. Tengo que darle a Anna esta presentación —entró en el despacho de Anna, seguida de Rowena—. Anna, ¿podrías…? ¡Oh, Dios mío! —exclamó al ver al enorme hombre que llenaba la mitad de la sala.

—Creo que puedes despedir a los demás, Sophie —dijo Anna, al ver complacida la expresión de su colega.— Tenemos a nuestro hombre.

Rowena echó un rápido vistazo al impresionante cuerpo que había maravillado a Sylvia y apartó la mirada. Los hombres fuertes y grandes no eran precisamente de su agrado.

Y sin embargo… el nuevo modelo de Anna, a quien habían hecho quitarse la camisa, guardaba una cierta semejanza muscular con Quinn. No pudo evitar una punzada de compasión hacia aquel pobre tipo desnudo de cintura para arriba.

—Bueno, os dejo —dijo a las otras mujeres—. Sylvia, a las tres y media en mi despacho...

En ese momento, el hombre se dio la vuelta y la miró.

Rowena se quedó sin respiración y pensó que estaba alucinando. Era imposible creer lo que estaba viendo ante ella.

Aquel torso, aquellos ojos verdes, aquellos labios curvados en una sensual sonrisa...

Era incluso peor que una alucinación. ¡Era real! Solo un hombre en el mundo podría combinar en una sonrisa tanto desprecio con un desafío sexual semejante.

El débil gemido que emitió bastó para que las demás mujeres se fijasen en ella. Eran mujeres cuyo respeto necesitaba, por lo que tenía que hacer algo enseguida. Algo distinto a salir huyendo, que era lo único que se le pasaba por la cabeza.

¿Por qué allí? ¿Por qué en esos momentos? ¿Por qué a ella?...

Tomó una profunda inspiración. No era la situación ideal, pero tenía que solucionarla.

Sabía que el reencuentro era inevitable, pero había albergado la esperanza de estar preparada para entonces, y replicarle con razonamientos de peso cualquier protesta que él le formulara.

—¿Qué demonios haces aquí? —le preguntó en tono acusador, casi sin voz.

—Este es Quinn Tyler, Rowena —explicó Anna—. Nuestro modelo para...

—¡Él no es modelo! —exclamó ella, recogiendo del suelo la camisa y la chaqueta de Quinn. ¿Cómo podía exhibirse ante unas mujeres que se lo comían con los ojos?

—Entonces, ¿qué es?

—Eso, Rowena, ¿qué soy? —preguntó Quinn.

Rowena sintió que se ruborizaba ante aquella mirada de burla.

–¡No me tientes! –dijo ella tragando saliva. No podía soportar aquella sonrisa–. Para tu información, Anna, te diré que Quinn es médico.

–No se parece a ningún médico que haya conocido –respondió Anna con cierto escepticismo. Apoyó las manos en las caderas y observó a Quinn de arriba abajo.

–Sabe aparentarlo cuando quiere –dijo ella con un gruñido.

–Vaya, gracias, Rowena –murmuró Quinn provocativamente.

–No pretendía halagarte. Hasta Jack el Destripador parecería un hombre respetable si se vistiera con un traje Armani –se volvió a las otras mujeres–. Fuimos juntos a la universidad.

–Ah, es un antiguo novio.

–No tan antiguo –puntualizó Quinn con una fingida mueca de dolor.

–¡No es un antiguo novio! –replicó Rowena–. Solo estábamos en el mismo grupo –miró a Quinn en busca de un improbable apoyo–. Un grupo con las mismas ideas…

–Un grupo de esnobs elitistas que no hacía otra cosa que jactarse entre ellos de lo superiores que eran al resto de los mortales. No sabría decir cuánto tiempo pasamos idealizando nuestros brillantes futuros.

–¡Quinn! –exclamó Rowena indignada

–¿Vas a decir que no tengo razón? –Quinn la miró con regocijo.

Rowena suavizó la expresión y estuvo a punto de sonreír, pero recordó que no podía relajarse ante Quinn.

–No, tienes razón –reconoció con un suspiro–. Éramos insoportablemente presuntuosos.

–En nuestra defensa debo alegar que éramos muy jóvenes –dijo Quinn mirando a las otras tres mujeres–, y que casi todos perdimos esa arrogancia al madurar.

–Si eso es una indirecta… –empezó a decir Rowena poniéndose roja de furia.

–No, no lo es –dijo él con una sonrisa.

–Es lo típico, ver en los demás tus propios defectos –dijo ella–. No sé cómo has llegado hasta aquí, pero pienso llamar a Seguridad –él le respondió con una atrevida sonrisa–. ¿Crees que estoy bromeando, Quinn? Ponme a prueba…

–No, no creo que estés bromeando. Para eso necesitarías sentido del humor, y también la habilidad para reírte de ti misma.

Quinn pensó que se merecería que la estrangulase, por todas las semanas de angustia que le había hecho pasar. Miró la curva de su cuello, y el contorno de aquellos labios tan suaves… Quizá fuera mejor besarla.

–No creo que sea este el momento para hablar de mi inaptitud –dijo ella apretando la mandíbula, y sin querer miró la piel bronceada de Quinn–. Por amor de Dios, ¡vístete!

No estaba segura de lo que sería peor, si tener que superar la excitación que aquella imagen le producía, o el hecho de que las demás

mujeres también estuvieran babeando ante se-
mejantes músculos.

Sin pararse a pensar en lo que estaba haciendo presionó la camisa contra su pecho.

–¿Esto te divierte? No sé cómo has entrado
aquí ni por qué has venido –las lágrimas empezaron a afluirle a los ojos mientras Quinn per-
manecía impasible–. ¿Has venido para humillar-
me? –le preguntó con voz furiosa.

Quinn arqueó una ceja y sonrió cínicamente.

–Sabes muy bien por qué he venido, Rowena
–le preguntó con voz amenazadora.

Le quitó la camisa de sus temblorosas manos
y se la puso por la cabeza. Al metérsela por la
cintura ella se fijó en la hebilla de plata del cinturón.

Era la misma que ella había desabrochado
aquella noche… Rowena intentó no dejarse llevar por los recuerdos, pero fue inútil.

La cabeza se le llenó de imágenes eróticas.
Su piel bronceada cubierta de sudor, la aspereza
de su voz reduciéndola a un grito ahogado de
necesidad, la expresión de triunfo en su rostro
mientras la llenaba con su fuerza…

Se llevó una mano al vientre e intentó recu-
perar el aire y la compostura. El deseo la había
golpeado con tanta fuerza que era como haberse
estrellado contra un muro de piedra ardiente.

–¿Ya estás contenta? –le preguntó él cuando
terminó de ponerse la camisa.

Al vestirse se había despeinado y entonces
Rowena alargó la mano sin pensar y le alisó los

oscuros cabellos. El sentido común la abandonó cuando sus dedos rozaron el cuero cabelludo.

Se dio cuenta de la intimidad que implicaba aquel gesto cuando Quinn apartó la cabeza. El violento rechazo le hizo mirarlo con ojos dolidos. Sus miradas se encontraron durante un segundo lleno de tensión, antes de que él ocultara su expresión con los párpados.

Un gesto tan inocente jamás había sido malinterpretado en su relación. Era obvio que las cosas habían cambiado…

Pero, ¿cuándo habían empezado a cambiar?

Capítulo 2

ROWENA había intentado una y otra vez determinar el momento exacto en el que su relación con Quinn se convirtió en algo más que una simple amistad.

Tuvo que ser antes de su breve estancia en la sucursal de Nueva York. Ella necesitaba un acompañante para asistir a un baile benéfico, y Quinn, quien había aceptado un puesto en un hospital universitario de la ciudad, apareció en el último momento.

A pesar de que ya lo conocía hasta esa noche, y gracias a los comentarios y miradas que recibió de todo el mundo, no se dio cuenta de lo arrebatadoramente guapo que podía ser Quinn.

Aquella fue una velada maravillosa, y todo gracias a él. No solo sabía bailar estupendamente y era un buen conversador, sino que la hizo reír más que nadie en toda su vida gracias a su agudo sentido del humor.

—Has tenido éxito esta noche —le dijo ella cuando él la acompañó de madrugada a su apartamento. Dio un bostezo y se inclinó para recoger los zapatos que se había quitado al montarse en el Jaguar.

–Ese era nuestro objetivo –respondió él.

–Ahora sé cómo pudiste seducir a todas esas mujeres –Quinn tenía buen gusto para las motos, los coches y las mujeres hermosas, pero no la habilidad para que las últimas le durasen.

Tal vez fuera porque se debía a su profesión, o tal vez por no haber encontrado aún a la chica adecuada. Ese pensamiento la hizo sentirse incómoda.

–Si no te conociera tan bien, hasta yo misma intentaría flirtear contigo –bromeó ella mientras se ponía los zapatos.

Él la miró durante unos segundos, con una enigmática expresión en el rostro.

–¿Es eso todo lo que te detiene?

Rowena sonrió, pero no pudo ver el menor indicio de humor en Quinn. Al contrario, la miraba de una manera tan tensa, que le provocó un nudo en la garganta.

No podía recordar lo que dijo a continuación en un frustrado intento para romper el incómodo silencio, pero sí sabía que no sirvió de nada. Quinn se quedó mirándola, haciendo que se sintiera como una estúpida.

Lo que sí recordaba a la perfección fue el tacto de su brazo contra su pecho cuando lo alargó para abrirle la puerta. Rowena se murió de vergüenza al sentir que sus pezones se endurecían al roce, y rezó para que él no los notase a través de la fina tela del vestido mientras ella salía del coche.

Después de eso no tuvo ninguna razón para negarse a la serie de invitaciones que siguieron. Al fin y al cabo, no eran más que amigos, y no había nada malo en quedar para comer con un amigo o en ir juntos al teatro. Y en cuanto a pasear bajo la lluvia junto al río... ¿habría un modo más inocente de pasar la tarde?

Tampoco podía quejarse del comportamiento de Quinn. Se comportaba como un perfecto caballero y no volvió a repetirse el incidente del coche, por mucho que ella, en secreto, deseara que se repitiese.

Era ella quien le tocaba el brazo o la rodilla, y quien se aseguraba de que él le viera las piernas cuando se sentaban frente a frente. Lo hacía de un modo lo suficientemente discreto, o al menos eso creía, hasta que una noche en su apartamento, después de llevarla a cenar, Quinn le pidió una explicación.

–No sé a qué te refieres –protestó ella–. No estoy jugando a nada.

–Bueno, puede que sea ese «nada» lo que me está volviendo loco –dijo él pasándose una mano por el pelo–. Tú me estás volviendo loco –recalcó.

–¿Ah, sí? –preguntó ella incapaz de ocultar su satisfacción–. Quién lo hubiera dicho...

Quinn pareció sorprenderse y se echó a reír. Era una risa tan cálida y desinhibida, que Rowena no pudo enfadarse con él.

–Bueno, por si te interesa, te diré que me siento atraída por ti –declaró sin más rodeos.

Quinn no ocultó su regocijo, y ella se sintió aliviada de inmediato.

–Creo... –respondió él con voz ronca–, que el esfuerzo puede valer la pena.

Fascinada por el deseo que ardía en sus verdes ojos, Rowena sintió que le flaqueaban las rodillas.

Seguro que Quinn besaba a la perfección. ¿Cómo iba ser de otro modo con unos labios como los suyos? La idea de comprobarlo la hizo temblar de emoción.

–Entonces no crees que sea una mala idea –le dijo ella.

–Claro que no –respondió él acariciándole la barbilla con la mano. El tacto despedía tanta dulzura y a la vez tanta fuerza que el contraste era irresistiblemente excitante.

–Sé que lo puedes entender... –Rowena estaba tan aliviada, que no pensó en el efecto de sus palabras–. Sobre todo tú, que te gustan tan poco los compromisos. Quiero decir, ninguno de los dos tenemos tiempo para una relación seria, ¿verdad? –le preguntó alegremente–. Para toda esa cursilería de regalos, flores y planes de futuro. Pero todos tenemos... necesidades, ¿no? Pensé que tenía que ser sincera contigo.

–Sé siempre sincera –respondió él secamente.

Rowena asintió y Quinn retiró la mano de su barbilla.

–He tenido relaciones sexuales –siguió diciendo ella, preguntándose si debería tomar la iniciativa–, pero reconozco que no han sido muy satisfactorias. Y si tengo que ser sincera del todo, te diré que no soy muy buena en eso. Pero estoy deseando aprender.

Le oyó tragar saliva y se lamentó por haber sido tan sincera. Pero era la única verdad: en términos sexuales ella era lo que se conocía como frígida. La primera vez fue por culpa de la inexperiencia, pero la segunda, cinco años después y con un amante correcto y experimentado, le quitó las ganas de volver a repetirlo. Desde entonces, se había volcado por completo en su trabajo... hasta Quinn.

–Vamos a dejar esto bien claro –dijo él–. Estás diciendo que me deseas para el sexo y para nada más.

–Bueno –Rowena sintió un escalofrío–, no lo diría exactamente así.

–¡Pues yo sí! –exclamó él–. He oído como te llaman por ahí, Rowena. Dicen que eres una bruja con el corazón de hielo, desalmada y cruel.

Rowena se estremeció. Había oído eso mismo muchas veces, y siempre era igual de desagradable, no importaba que lo dijera Quinn o cualquier otro.

–Y yo siempre he salido en tu defensa –siguió diciendo él–, pero empiezo a ver lo mucho que has cambiado. Por Dios, el sexo no es algo que puedas concertar como una reunión de negocios.

–Yo no quería decir... –intentó explicar ella,

aturdida–. No quería ofenderte. Solo quería ser franca contigo, Quinn.

–No soy tan obtuso –replicó él con una amarga sonrisa–. No hace falta un diagrama para decirme lo que quieres.

–Déjame decirte una cosa, Quinn. Que tú te sientas ofendido por ser tratado como un objeto sexual me parece hipócrita, teniendo en cuenta la larga lista de aventuras que llevas a tus espaldas. No creo que quieras compromiso, ¿o sí?

–Me han acusado de ser superficial, sí –reconoció él–, pero comparado contigo no soy más que un aprendiz.

–Por lo que he oído, te defiendes bastante bien –replicó ella.

–Entonces es que has oído mal. Hay relaciones que no pueden llegar a ninguna parte, pero siguen siendo divertidas. Y reconozco haber hecho algunas cosas, pero no tanto como pareces creer. Además, parte de la diversión consiste en no saber dónde acabará.

Al oír su punto de vista Rowena olvidó momentáneamente el nudo en el estómago. Ella siempre prefería saber de antemano dónde acabaría todo.

–En explorar –continuó él–. En preguntarse si será la relación definitiva y si esa persona será la verdadera.

Rowena apretó la mandíbula. Era toda una revelación que para Quinn existiera una pareja definitiva. Y, además, enterarse de que la estaba buscando... Jamás se lo había imaginado tan romántico.

–Contigo no habría la menor emoción, porque ambos sabemos dónde acabaríamos... ¡En ninguna parte! –sentenció él.

–Está claro que no queremos las mismas cosas –dijo ella encogiéndose de hombros. No quería mostrarle lo decepcionada y dolida que estaba por su rechazo.

Quinn también se encogió de hombros. No parecía estar afectado en absoluto.

De vuelta al presente, Rowena se esforzó por apartar los recuerdos y lanzó una mirada desafiante a sus empleadas. Todas parecían mirarla con respeto, pero sabía que esa falsa apariencia solo duraría hasta que saliera del despacho.

–¿Contenta? –le preguntó a Quinn, repitiendo su pregunta–. Apenas, diría yo. Bueno, si nos disculpáis, Quinn tiene que marcharse ya –le arrojó la chaqueta y señaló con la cabeza hacia la puerta, en un intento por demostrar quién mandaba allí.

–Todavía no –respondió él echándose la chaqueta sobre los hombros–. Aún no hemos hablado del dinero.

–Claro, cómo no –espetó ella–. Siempre detrás del dinero, ¿verdad, Quinn? ¿Por qué si no te dedicas a la cirugía plástica?

–Tal vez porque pensara que podía hacerlo bien –sugirió él.

Rowena se puso rígida. No quería reconocer

que la acusación de avaricia era la última que se le podría hacer a Quinn.

Quinn estaba considerado una eminencia en el campo de la reconstrucción facial, y aunque sus honorarios eran altos para sus acaudalados clientes, no limitaba su labor a aquellos que pudieran pagarlos. El grueso de su trabajo lo desarrollaba en la salud pública, a pesar de que ganaría muchísimo más si solo ejerciera como médico privado.

–¡A las tres y media en mi despacho, Sylvia! –ordenó Rowena antes de marcharse.

Las tres mujeres intercambiaron miradas entre ellas cuando la puerta se cerró.

–Ya decía yo que ese nombre me sonaba de algo –comentó Anna–. Operó de la nariz a Lexie Lamont, y lo vi en un programa de la tele el mes pasado. Ese en el que salía una joven a la que se le desfiguró el rostro por un accidente.

–Sí, yo también lo vi –dijo Sylvia–. La pobre no podía contar su experiencia sin echarse a llorar.

–¿Y viste las fotos de cómo era antes? –preguntó Anna–. Ciertamente, hizo un trabajo impresionante con ella.

–Sí, no hay duda de que es médico –repuso su ayudante–. Creo que somos afortunadas por no haber despedido aún a los otros.

–¿Es una suposición mía o también vosotras creéis que la jefa no quiere compartirlo? –preguntó Sylvia con una sonrisa maliciosa.

La explosión de risas llegó hasta Rowena,

que en ese momento salía de la sala de los clones de cuero.

–Espero que te hayas quedado satisfecho –le dijo furiosa a Quinn.

–Tranquila, Rowena. Seguro que tu imagen de bruja desalmada puede superar situaciones peores que esta.

–¡Te odio! –exclamó, intentando creerse sus propias palabras.

–Podré soportar eso –mintió él–. Lo que no soporto es que me ignoren.

–Sabía que hay muchos hombres que se dedican a acechar y acosar cuando son rechazados, pero nunca pensé que tú fueras uno de ellos, Quinn. Si hubiera sabido entonces lo que sé ahora...

–No me habrías rechazado –la interrumpió él.

Rowena se detuvo frente a la mesa de su secretaria y se dio la vuelta.

–Considérate rechazado, Quinn.

–Qué narices –dijo él sonriendo e, ignorando sus violentas protestas, la empujó al interior de su despacho–. No le pases ninguna llamada a la señorita Parrish –le ordenó a la joven secretaria, muda de asombro.

–¡Bernice, llama a Seguridad! –chilló Rowena cuando Quinn cerró la puerta–. Supongo que este acto propio de un cavernícola te parecerá impresionante –retrocedió hasta su escritorio y se sentó. Aquella mesa era el símbolo de su poder, pero en aquellos momentos no parecía servirle de mucho–. Si por pasar una noche conmigo, te crees con derecho a tratarme así estás muy equivocado, aparte de no vivir en el presente. Y en cuando a desnudarte en la oficina... ¡no pienso ni preguntar! ¡Si no hubiera llegado a tiempo, sabe Dios lo que habrías hecho!

–¿Y no te gusta esa idea? –no parecía que a Quinn lo molestara su enfado.

–Odio acabar con tus fantasías, pero no, no me gusta la idea de que le hagas perder el tiempo a mis empleadas. Tenemos unos plazos que cumplir, ¿sabes? ¿Cómo te sentaría que yo me presentase en tu hospital haciéndome pasar por enfermera?

–Deja que lo piense... Te estoy imaginando con... ¿Las enfermeras se siguen poniendo esas cofias en la cabeza? –Rowena ni siquiera tuvo tiempo de responder a esa broma machista, porque Quinn la miró de un modo tan penetrante que le hizo preferir las burlas–. ¿Se puede saber qué te has hecho, Rowena? –se sentó en el borde de la mesa y estiró las piernas.

–Me he cortado el pelo.

–No me refiero a eso. Estás más delgada.

–Gracias.

Sus caderas siempre habían sido la envidia de sus amigas, pero los seis kilos que había perdido en las últimas semanas hacían que la minifalda que antes se ceñía a sus muslos le colgase holgadamente.

–Tienes muy mal aspecto. Y no puedes perder tantos kilos a no ser que estés enferma o sometida a una gran presión –dijo él con voz autoritaria.

Ella apartó la mirada. ¿Los mareos matutinos podían considerarse una enfermedad?

–Bien, doctor, muchas gracias por su diagnóstico, pero no estoy ni lo uno ni lo otro. Tan solo me acuesto tarde por las noches y apenas tengo tiempo para comer.

–Sí, la vida es como una fiesta muy larga –dijo él con escepticismo.

–En efecto –respondió ella en tono desafiante.

–Y estás tan ocupada que no has podido contestar a mis llamadas ni a mis e-mails. Aunque eso ya no es problema, ¿verdad? No desde que cambiaste tus números y te borraste de la guía telefónica.

Rowena miró con irritación cómo revolvía la fila de bolígrafos que estaban dispuestos simétricamente sobre la mesa. Mirando esos largos y hábiles dedos, recordó cómo le habían acariciado los pechos mientras su...

Se mordió el labio y se dio cuenta de que estaba consiguiendo que se sintiera culpable.

–Es solo una coincidencia –intentó decir con la voz más firme que pudo.

–Y si es solo una coincidencia, ¿cómo explicas que ahora se me considere persona non grata en tu casa?

–Llevo muy poco tiempo aquí, Quinn. Nueva York era tan ajetreada que... –se calló de golpe, deseando no haber mencionado el nombre de esa ciudad. A diferencia de todo el mundo, Rowena no asociaba a Nueva York con el sitio tan emocionante que era, sino exclusivamente con Quinn, con el sexo tan increíble que mantuvieron y con las fatales consecuencias...

–Acabo de comenzar un nuevo trabajo –siguió diciendo ella–. Apenas he tenido tiempo para ponerme en contacto con todos mis conocidos –enseguida se arrepintió de esa palabra tan inapropiada.

–¿Conocidos? –preguntó él–. Conocidos... –repitió con voz más suave–. Dime, Rowena, ¿cómo se supone que saludas a tus amigos más íntimos?

Ella cerró los ojos y rememoró el día en que caminaba por una atestada calle de Nueva York, tres meses atrás. Tal vez fuera el hecho de haberse mudado a una ciudad desconocida, o tal vez fuera la presión por demostrarse a sí misma su valía, pero la realidad era que nunca en toda su vida se había sentido más sola.

Y entonces lo vio. Ni siquiera tuvo que asegurarse para saber que era él. Ningún otro hombre en el mundo caminaría igual, con tanta elegancia y seguridad. Sin pensar en las normas de cortesía que infringió al empujar a los demás peatones, corrió a su encuentro, gritando su nombre como una histérica. Cuando lo alcanzó, él se dio la vuelta y Rowena se detuvo bruscamente. Quinn la miró primero con sorpresa e inmediatamente con deseo. Y también ella sintió que el deseo la invadía.

—¡Estás aquí! —dijo como una estúpida—. No puedo creerlo.

Sin decir nada, él la besó.

—¿Te convences ahora? —le preguntó al retirarse.

Rowena se quedó medio atontada, incapaz de hacer otra cosa que mirarlo en silencio, mientras a su alrededor la marea humana fluía incesantemente.

—Siempre he sabido que besarías de maravilla con una boca tan perfecta —consiguió decir finalmente.

Y él continuó demostrando sus dotes en el taxi y en el ascensor del hotel. No paró de besarla ni cuando entraron en la habitación, donde empezaron a hacer otras cosas...

Volvió al presente y se encontró con el enfado de Quinn por haberse referido a él como un «conocido».

—Me pillaste en un mal momento —dijo a modo de excusa.

—Yo no diría eso —dijo él tocándole la barbilla con un dedo.

—Y luego te preguntas por qué te evito —replicó ella apartando la barbilla.

—Pensé que todo estaba en mi cabeza —Quinn se deslizó sobre la mesa y se sentó mirando hacia ella.

—Sabía que todo acabaría así —murmuró ella pasándose las manos por el pelo—. Pensé que entenderías que Nueva York fue solo un error, no el comienzo de nada.

–El único error fue permitirte que me convencieras para que me marchara.

A Rowena le dio un vuelco el corazón y cerró los ojos, exasperada por aquella actitud tan exigente.

–Hablar contigo es como... ¡como hablarle a una pared!

Pensó que, si las cosas seguían empeorando, empezaría a hablarle de verdad a las paredes. Estupendo, justo lo que necesitaban sus detractores.

–Me deseas –insistió él.

Rowena lo miró en silencio durante unos segundos.

–Eso es una posibilidad –concedió, intentando no sucumbir a la sonrisa depredadora de Quinn.

–Es la única posibilidad.

Ella se encogió de hombros.

–Solo puedes culparte a ti, queriendo imponer tantas normas y condiciones. ¿Qué pasa con el amor libre y espontáneo? –preguntó ella con un estremecimiento al reconocer su mala suerte. Había encontrado al amante de sus sueños, alguien tan poco dispuesto como ella a la devoción inquebrantable, y tenía que aguantar sus ataques de moralidad.

–¿Amor libre? Estoy intentado verte como una hippie, pero no es fácil.

–¡No eres más que un libertino reformado! –ciertamente, aquel término anticuado le sentaba muy bien a Quinn.

–Para que lo sepas, yo también creo en la espontaneidad, pero es algo que no se consigue gratis. Hay gente dispuesta a prestarte los servicios que necesitas... a cambio de un precio.

La mano de Rowena voló hasta su mejilla, pero Quinn fue más rápido y la sujetó por la muñeca. Se puso de pie y la hizo bajar el brazo.

–Quiero ser parte de tu vida, Rowena... Una parte íntegra. No tengo el menor interés en el tipo de aventura obscena que sugeriste en Nueva York.

–Íntima no quiere decir obscena –dijo ella. La mayoría de los hombres hubieran matado por conseguir la relación que le estaba ofreciendo a Quinn. Algo sin complicaciones ni dramas sentimentales.

–No me gustan los engaños.

–Y eso lo dice un hombre que entra en este edificio usando mentiras.

–Si hubieras sido más razonable, no habría tenido que ponerlas en práctica.

Ella se soltó y meneó un dedo acusatorio bajo su nariz.

–Los dos sabemos que cuando quieres algo no hay nada que no estés dispuesto a hacer.

Sin perder una pizca de su serenidad, Quinn la miró intensamente y le acarició una mejilla.

–Y en estos momentos... eres tú lo que quiero.

La furia de Rowena la abandonó por completo, dejándola pálida y casi sin respiración. ¿Dónde demonios estarían sus socorridos desaires cuando más los necesitaba?

–¿Se supone que eso es para excitarme? Bien, pues tengo noticias nuevas –aquello funcionaría a la perfección–. Tu problema es que te gusta presumir ante todo el mundo de tus conquistas –le recriminó con voz ronca–. Te encanta ser el centro de las páginas de sociedad.

–Creo que eso es un poco exagerado, Rowena. Apenas merezco un par de líneas en el *Country Life*.

–Tu falsa modestia me pone enferma.

–Te acostumbrarás a la idea –prometió él.

–¿Qué idea?

–La idea de formar parte de una pareja.

–¿Y si no es así?

–No tienes elección, cielo.

–¿Cómo estás tan seguro?

–Porque me necesitas.

Rowena ahogó un grito de furia. ¡Su arrogancia era insoportable!

–¿Siempre eres tan ingenuo?

–Me necesitas –repitió él suavizando su expresión–. Tanto como yo te necesito a ti. ¿Lo ves? Si yo puedo reconocerlo, tú también puedes. Duele admitirlo, pero se consigue. Si quieres te enseñaré a decirlo.

Ella negó con la cabeza. Estaba muda de espanto.

–Lo haremos entre los dos –prometió él.

No había amenaza en su tono de voz, tan solo una total convicción en sus palabras. A Rowena le hubiera resultado mucho más fácil un desafío...

–He llamado, Rowena... –la voz de su secretaria la hizo reaccionar.

–¿Sí, Bernice? –preguntó, separándose tanto de Quinn como fue posible. No pensaba con claridad, pero al menos no se quedaría mirándolo como una boba.

Esa era una de las razones por las que no quería verlo. Quinn tenía la habilidad de hacerle perder el juicio cada vez que la veía. No era una simple atracción sexual, ni un desatado deseo de lujuria. No, era más bien... pura y dolorosa necesidad.

–Tienes una llamada de tu hermana. Dice que es urgente.

Rowena frunció el ceño. Holly había llevado a su novio a Escocia para presentárselo a sus abuelos, quienes vivían en una remota región del país, llamada Wester Ross.

–Muy bien. Pásame la llamada –le dijo a Bernice, quien miraba discretamente a Quinn–. Holly, soy yo... ¿Te importa? Es privado –le susurró furiosa a Quinn.

–Saluda a Holly de mi parte –se fue al otro extremo del despacho y empezó a leer los títulos de los informes que llenaban las estanterías.

–¿Cómo? Sí, es Quinn. No... sí, está aquí. No importa, ya te lo explicaré. ¿Qué pa... ? –Rowena guardó silencio mientras su hermana hablaba a gritos al otro lado.

Quinn no tuvo que prestar atención para saber que las noticias no eran buenas.

–¡Dios mío, no! –Rowena se llevó una mano a la boca–. ¡La abuelita no!

La imagen de Elspeth Frazer pasó ante sus ojos. Era una mujer octogenaria, bajita, con el pelo blanco y los ojos azules. Parecía sacada de un libro de cuentos, pero cuando hablaba dejaba ver un carácter duro e inflexible.

En los años cincuenta, había trabajado como pediatra, en una época en la que apenas había mujeres que ejercieran la medicina. Había sido Holly la que había seguido los pasos de Elspeth y se había convertido en médico, pero a ella siempre le habían servido sus consejos. Siempre que atravesaba un momento difícil pensaba en su abuela. No comprendía por qué se había retirado a un lugar tan apartado para practicar la medicina general cuando le había costado tanto llegar adonde había llegado. «Lo he hecho por amor», le había respondido cuando una joven Rowen le había preguntado.

–¿Está... ? ¿Creen que... ? No llores, Holly, y no me hables como un médico –le rogó su hermana, para que intentara contarle en términos sencillos lo que le había ocurrido a su abuela.

No recordó que Quinn seguía en el despacho hasta que no sintió su mano en el hombro. En ese momento se olvidó de todas sus diferencias. Quinn era el tipo de hombre que todos querrían tener cerca en un momento de crisis, y ella no iba ser menos.

No puso objeción cuando él acercó una silla a ella y la hizo sentarse.

–No para de llorar –le susurró apartándose ligeramente del auricular. También ella estaba con los ojos llenos de lágrimas–. Y Holly nunca llora –añadió con labios temblorosos.

–Deja que hable yo con ella.

Sin pensarlo dos veces, Rowena le tendió el teléfono.

–Hola, Holly, soy Quinn –le dijo con voz cálida y amable–. Sí, lo sé, pero... ¿Está Niall ahí? Bien, dile que se ponga... Hola, Niall, soy Quinn.

Rowena hundió la cara entre las manos y oyó cómo el novio de Holly hablaba con Quinn durante un largo rato.

–Sí, ya lo veo. Será más rápido si vamos en avión. ¿Puedes prepararnos algún transporte desde Inverness?... Bien, te llamaré cuando tenga más detalles.

Capítulo 3

CUANDO Rowena despertó, estuvo unos segundos con la mente en blanco. Pero cuando recordó dónde estaba, con quién y por qué, experimentó un horror aún peor que la sensación de amnesia.

Le dolían los ojos y las extremidades, y apenas podía moverse en su reducido espacio. Miró su reloj y comprobó que no podían estar lejos de Inverness.

—¿Estás despierta?

A Rowena le gustó oír esa voz junto a su oído derecho, pero no iba a demostrar su agrado...

—Por supuesto que lo estoy —dijo ella tapándose el bostezo con una mano. Al enderezar el respaldo de su asiento vio que alguien la había arropado con una manta. ¿Habría sido Quinn? Pensar en esa posibilidad le produjo un nudo en la garganta.

—¿Cómo te sientes? —le preguntó él al verla fruncir el ceño—. Aparte de enojada.

—No estoy enojada —¿sería por ser superficial, o era normal sentirse estúpida por tener el pelo enredado y ojeras mientras que el acompañante conservaba un aspecto magnífico?–. Y me siento muy bien, gracias.

Estaba furiosa por haber perdido el dominio de la situación, pero intentó convencerse de que su relajación la había provocado la compañía de alguien de confianza.

Sí, había confiado a ciegas en Quinn. ¡Pero en ella misma no! Sabía que no era recomendable dejarse llevar por la atracción sexual. Quinn merecía una mujer que pudiera darle lo que necesitaba. Amor, un hogar... ¡Hijos!

Al pensar en los hijos se llevó una mano al vientre. Tenía que acallar de una vez por todas esa vocecita interior que le recordaba que un hijo necesitaba dos padres.

Y no podía hacerlo si se sentía atraída por él. Si dejaba que ese sentimiento madurase, todo se echaría a perder. Acabaría culpándolo de haberle hecho sacrificar su carrera, y se sentiría ella misma culpable por no ser capaz de anteponerle a él a su carrera.

–No tenía intención de quedarme dormida.

–No pasa nada –repuso él tranquilamente.

–No estoy acostumbrada a beber brandy durante el día –y era cierto. La botella que Quinn había descubierto en su cocina la guardaba para recetas culinarias.

–Diría que no estás acostumbrada a beber a ninguna hora –dijo Quinn con su perspicacia habitual–. Pero la verdad es que te sentó muy bien.

Rowena se puso tensa, y deseó en silencio no

haber dicho ni hecho nada inapropiado mientras la bebida la hacía sentirse «bien».

–Siento el jaleo que se armó con Seguridad –dijo sinceramente, aunque «jaleo» era calificarlo de un modo bastante suave. Cerró los ojos y recordó el mal trago que pasaron hasta que consiguieron convencer al personal de que no se estaba cometiendo un secuestro–. Bernice exagera un poco con su faceta protectora.

–Sí, me di cuenta de eso –respondió él secamente.

–Pero tú... me estabas rodeando con un brazo –se ruborizó al decirlo.

–Creo que fue un poco exagerado hablar de secuestro.

–Bueno, nos oyó discutir –dijo ella defendiendo a Bernice–. Y yo no soy el tipo de persona que vaya por ahí apoyándome en... nadie.

–Parece que hiciste una excepción conmigo.

–No puedo creer que me haya largado así.

–Estabas traumatizada.

Para Rowena, ningún trauma justificaba el haber abandonado su puesto.

–¿Qué dirá la gente?

–¿Te importa?

–Pues claro que me importa. Estamos hablando de mi reputación profesional. Y en mi trabajo siempre hay alguien dispuesto a apuñalarte por la espalda.

–En ese caso, tal vez deberíamos decirle al piloto que dé media vuelta.

–¡No digas tonterías, Quinn! –espetó ella–.

Quiero ver a mi abuela, pero ojalá hubiera tenido al menos la decencia de explicárselo todo a Bernice. Ella podría haber cancelado todos mis compromisos... –frunció el ceño al recordar su ajetreada agenda.

–Bueno, aún no es demasiado tarde –puntualizó él–. Y he metido tu ordenador portátil en el equipaje, por si te preocupa tanto el trabajo.

Quinn no solo había contratado un avión privado con la misma facilidad con la que hubiera alquilado un coche, sino que también le había hecho todo el equipaje.

Sentada con las piernas cruzadas sobre la cama, medio anestesiada por el vaso de brandy que la obligó a tomar, Rowena lo observó empaquetar sus ropas y objetos personales.

–Esas braguitas no. Son muy incómodas –le había dicho.

Al recordar la incómoda escena dejó escapar un gemido y movió la cabeza.

–¿Te apetece un café? –le preguntó su atento guardaespaldas.

Rowena terminó de desperezarse por completo, enfurecida por la situación.

–¡No puedes venir a Escocia! –exclamó angustiada.

–Andamos un poco escasos de paracaídas, de modo que no tengo elección.

–Tendrás que volver en cuanto aterricemos.

–Le prometí a Niall que...

–Niall no tiene derecho a pedirte nada –Rowena endureció su expresión. ¿Es que se trataba de una conspiración masculina?–. ¡Y yo no necesito un guardaespaldas!

–No, lo que necesitas es un amante que viva contigo –dijo él mirándola con ojos ardientes–. Le prometí a Niall que te llevaría sana y salva al hospital.

–Como si nunca hubieras roto una promesa –espetó ella tragando saliva.

–Pues no –respondió él manteniendo la mirada–, la verdad es que nunca lo he hecho.

Rowena sintió que el corazón le latía frenéticamente al recordar la verdad de esas palabras. Quinn ya le había dicho una vez: «Te prometo que te gustará», antes de llevarla a la cima del placer.

–Menuda escolta eres tú –dijo en un intento por reprimir el impulso sexual–. Ni siquiera sabes dónde viven mis abuelos.

–Sí lo sé, pero mi problema es acostumbrarme al acento gaélico. Es una lengua muy musical, pero muy difícil.

Por lo que ella recordaba, la lengua de Quinn podía hacer maravillas... Rowena tuvo que reprimir otro gemido.

–Y tampoco importa si no conozco la geografía de los Highlands, ¿no crees? Después de todo, no vamos a casa de tus abuelos.

–Precisamente por eso –dijo ella–. Puedo ir yo sola desde el aeropuerto al hospital.

–Puede que tengas razón, pero me temo que no va a ser tan fácil –Rowena lo miró con escepticismo–. El avión aterrizará en Glasgow.

Han cerrado el aeropuerto de Inverness por culpa del mal tiempo.

–¡El mal tiempo! –exclamó ella mirando por la ventanilla a la oscuridad exterior–. ¿Qué mal tiempo?

–Está nevando.

–No pueden cerrar el aeropuerto solo por unos copos de nieve –a pesar de su sonrisa desdeñosa sintió que el pánico se apoderaba de ella. ¿Cómo iba a soportar ir en coche con Quinn? Si ya le parecía demasiado íntima la cabina de un avión...

–Creo que son algo más que unos copos, Rowena.

–¡Lo que me faltaba! –se quejó ella frotándose la barbilla con los nudillos.

–Yo te llevaré, Rowena –le aseguró Quinn quien, a pesar de haber observado siempre escrupulosamente la ley, estaba dispuesto a romper las que hicieran falta para cumplir esa promesa.

–¿Para qué voy a molestarme? –preguntó ella–. Todo se está desarrollando como tú querías, ¿verdad?

Quinn le lanzó una penetrante mirada de disgusto.

–Lo que más necesitas ahora es llegar hasta tu abuela. ¿Crees que me alegra retrasar ese momento cuando sé lo importante que es para ti? ¿Por quién me has tomado, Rowena?

Ella se revolvió en el asiento, incómoda por aquella mirada de hielo.

—Por Dios —exclamó con un estremecimiento—. No me gustaría ser un estudiante de medicina a quien tuvieras manía... Aunque sé muy bien que tú no le tienes manía a nadie, porque eres siempre tan objetivo e imparcial, que no se te ocurriría aprovecharte de tu poder —lo observó con interés, pero no supo leer su expresión—. Por si te lo estás preguntando, este es el modo que tengo de pedir disculpas. Por amor de Dios, Quinn, dame un respiro, ¿quieres? No sé ni lo que estoy diciendo. Solo sé que estoy destrozada.

—Claro —concedió él relajando su expresión.

—¿No puedes hacer nada? —preguntó ella, aliviada por el cambio.

—Tu fe en mis capacidades es conmovedora, pero me temo que no puedo cambiar el parte meteorológico.

—Pero esto es horrible —dijo sollozando—. ¿Qué pasa si llego demasiado tarde? ¿Y si ella...? —se calló de golpe, incapaz de pensarlo siquiera.

—No te preocupes —dijo él acariciándole el pelo—. Te llevaré a Inverness sea como sea.

La promesa no tuvo el efecto deseado, porque Rowena se puso rígida al instante.

—Tú... no puedes venir.

—¿Por qué?

—Ni siquiera tienes la ropa adecuada —dijo ella, desesperada por encontrar alguna razón y bajando inconscientemente la mirada.

Quinn se había quitado la chaqueta y los músculos del pecho se le marcaban a través de la camiseta blanca de algodón. Rowena sintió que le ardían las mejillas y se removió nerviosa en el asiento.

Cuando consiguió desviar la atención y alzó la vista, vio que Quinn la estaba observando con una expresión de agrado, que solo sirvió para incrementar su rubor.

–Compré algunas cosas en el aeropuerto.

–Imposible… No te separaste de mí ni un segundo.

–Ni falta que hizo. Le encargué a una simpática azafata lo que necesitaba y ella hizo el resto. Siempre hay gente dispuesta a gastarse el dinero de los demás.

–Sí, seguro que también te tomó las medidas –dijo ella en tono mordaz–. Pero las camisas de seda y las corbatas no te servirán de mucho en el norte de Escocia en invierno. Y puedo ir yo sola a Inverness, muchas gracias.

–¿Cuándo fue la última vez que condujiste un coche, Rowena?

–Prefiero el transporte público, ¿de acuerdo? –respondió ella defensivamente.

No era tan extraño conseguir el carnet de conducir al cuarto intento. Lo que era extraño era que le costase tanto conseguir algo que tuviese en mente.

–Además, no quiero contaminar el ambiente más de lo que ya está..

–Un espíritu muy solidario el tuyo…

–De acuerdo, puede que no me guste conducir, pero soy muy buena conductora. Y muy precavida….

–No voy a negar eso –repuso él tranquilamente–. Será una manía, pero no puedo evitar un sobresalto cada vez que la conductora del vehículo en el que viajo cierra los ojos al adelantar un camión.

–El puente era muy estrecho –replicó ella.

–¿Y qué me dices de estar media hora dando vueltas por un aparcamiento, en vez de dar marcha atrás y aparcar en un hueco?

–¿Me estás diciendo algo con todas estas observaciones?

–Creo que ya te lo he dicho –dijo él con sarcasmo.

–Es absurdo –Rowena apretó los dientes. No soportaba la serenidad de Quinn–. No puedes abandonarlo todo solo porque…

–¿Me necesitas? –interrumpió él pasándose la mano por el pelo–. No hay nada más fácil.

Ella tragó saliva con dificultad. Cualquiera pensaría que se excitaba por cualquier cosa.

–Bueno, pues te equivocas –le respondió con voz tensa. Lo último que necesitaba era estar más en deuda con él, pero no confiar en Quinn sería un grave error.

–Tu problema es que no sabes lo que más te conviene –dijo él.

¿Estaba sugiriendo que era él lo que más le convenía?

–Mi abuela siempre me decía eso mismo,

pero… –un repentino temor la puso pálida–.
¿Crees que…? –preguntó con un hilo de voz.

Quinn tomó sus manos, que las tenía cruzadas en el regazo, y las apretó entre las suyas.

–Manos frías… ¿Corazón caliente?

–Soy la excepción que confirma la regla
–respondió sin poder dejar de temblar.

–Creo que es inútil especular sobre el estado
de tu abuela en estos momentos. Está en el mejor sitio posible, y está siendo atendida por los
mejores profesionales.

–Tienes razón –aceptó ella asintiendo–. Pero
es muy duro… –se le volvió a quebrar la voz.

–Te sientes muy unida a tus abuelos, ¿verdad?

El tono de sorpresa de la pregunta hizo que
Rowena lo mirase con irritación. ¿Acaso las
brujas malvadas no podían preocuparse por su
familia?

–¿Por qué te sorprende? –le preguntó furiosa,
soltándose de él.

–No me sorprende, Rowena, aunque a muchas personas sí. Es por culpa de ese papel de
dama de hielo que tan bien interpretas –ella
abrió la boca para protestar, pero prefirió no hacerlo–. Háblame de ellos –le pidió él.

–¿De mis abuelos? –preguntó con el ceño
fruncido–. ¿Por qué?

–¿Siempre sospechas de las personas? –había
un ligero tono de exasperación en su voz–. No
tengo ningún motivo oculto, Rowena. Tú necesitas hablar, y yo… quiero escuchar.

–Mi abuelo era pescador.

–La pesca es una profesión arriesgada en Escocia.

–Y no muy rentable. Su barco ha sido remodelado para llevar a los turistas a visitar las islas en verano. A mi abuelo le parece algo muy triste, pero nunca lo dice. Es un hombre tan tranquilo… Y siempre ha estado a mi lado –se le saltaron las lágrimas por la emoción.

–¿Y tu abuela? –le preguntó Quinn con voz amable.

–Oh, ella es todo lo opuesto a mi abuelo, pero están muy bien juntos. No puedo imaginármelos separados. Mi abuela siempre nos animó a Holly y a mí a… –se limpió las lágrimas con el dorso de la mano–. Lo siento.

–Parecen unas personas encantadoras –dijo él dándole un pañuelo–. Me encantaría conocerlos.

–Oh, les caerías muy bien –dijo ella más animada. Cuando se dio cuenta de lo que había dicho, lo miró con preocupación–. Quiero decir que…
–apartó la mirada, avergonzada–. ¿Cómo no? Eres un hombre tan adorable… –añadió en tono jocoso.

–Eso es lo que intento decirte.

–No suelo llorar casi nunca…

–Tu norma de serenidad y compostura no sirve para esta situación, ¿verdad, cielo?

–No, la verdad es que no… ¡Oh, Dios! Cuando pienso que la abuela está sola…

–Pero no está sola. ¿O sí?

–No, mis padres están con ella. Eso es bueno, ¿verdad?

–Claro que sí, y también están Holly y Niall. Casi toda la familia está reunida.

–Mañana es el cumpleaños de mi abuelo, y Holly quería presentar a Niall. Me habían invitado, pero yo no podía dejar el trabajo... –si Quinn detectó el tono de remordimiento no hizo ningún comentario.

–Me sorprendí al enterarme de lo de Holly y Niall.

Rowena no dijo nada. También ella estaba sorprendida de que su hermana menor fuera a casarse con uno de sus mejores amigos.

–Todo ha sido un poco rápido, ¿no te parece? –le preguntó él, sin mostrar su sospecha de la relación que habían mantenido Rowena y Niall.

–Parecen muy felices –respondió ella despreocupadamente.

–Siempre había creído que tú estabas interesada en Niall –declaró él.

Rowena tomo una profunda inspiración. Nunca había tenido un romance con Niall, pero había sido más amiga de él que de Quinn.

Posiblemente fue porque entre ellos nunca existió una atracción física como le pasaba con Quinn. Era muy agradable salir con un hombre atractivo sin tener que preocuparse por sus intenciones sexuales.

–Niall es todo lo que tú no eres –le dijo ella con desdén.

Quinn no estaba acostumbrado a sentir celos, y aquel comentario le dolió de verdad.

–¿Y qué se supone que soy, Rowena? Otro al

que no le gusta lamerle los pies a Niall. ¿Es que acaso sientes envidia de Holly?

−¿Me estás insultando?

−¿Te gustaba codearte con la alta burguesía? Habrías podido hacerlo si te hubieses casado con Niall −dijo él, recordando la sangre azul de su amigo.

−Nunca quise casarme con Niall.

−¿Te lo pidió? −Rowena no respondió, pero se puso roja de furia−. Ya veo que no.

−No me pidió que me casara con él, como tampoco se aprovechó nunca de nuestra amistad para intentar algo conmigo... No como otras personas.

−¿Soy demasiado susceptible o te estás refiriendo a mí? Si es así, cariño, tengo que decir en mi defensa que estabas muy ansiosa por que se aprovecharan de ti −le recordó él con imperdonable sinceridad.

−¡Yo no envidio a Holly! −espetó ella.

−Seguro que no.

−¡No! −repitió con furia, incapaz de contenerse por más tiempo−. Y en cuanto a lo que tú eres, Quinn, la respuesta es muy simple. Eres el hombre más soberbio, irritante y manipulador que he conocido en mi vida... Y en el caso de que tengas duda, ¡esto no es ningún halago! −se llevó una mano a la acalorada frente−. Tengo que ir contigo hasta Glasgow, pero después me iré yo sola.

Quinn se limitó a esbozar una despreocupada sonrisa y, antes de que ella pudiera decir algo, cerró los ojos y enseguida se quedó dormido. Estuvo así hasta que la azafata lo despertó para que se abrochara el cinturón de seguridad.

Finalmente, el avión aterrizó en el aeropuerto de Glasgow, adonde había llegado la ventisca que azotaba el norte del país.

—No sé por qué me estás siguiendo —dijo Rowena con voz de hielo mientras esperaba en el mostrador de la agencia de alquiler de vehículos.

—Solo estoy aquí como un espectador, pero tal vez necesites mi ayuda.

—De ninguna manera.

—Siento haberla hecho esperar, señorita —le dijo el empleado—. No nos queda ningún todoterreno.

—¿Entonces qué tienen? —preguntó ella impaciente. El hombre se lo dijo—. Me lo quedo.

—Está nevando…

—Ya me he dado cuenta —replicó con sarcasmo.

El joven miró intimidado al acompañante de la hermosa rubia, pero Quinn se encogió de hombros y permaneció en silencio.

—Bueno, la policía ha aconsejado a quienes tengan que viajar que se queden en casa… Y casi todo el mundo ha…

—Yo no soy casi todo el mundo y tengo que salir inmediatamente —respondió Rowena.

—¿No sería mejor que esperase hasta mañana? —sugirió el hombre, pero ante la fría mirada de la mujer, le tendió las llaves–. ¿Adónde piensa ir?

–A Inverness.

–¡No lo dirá en serio! –exclamó él con los ojos como platos.

–Si la conociera tan bien como yo, no se molestaría en preguntarlo –dijo Quinn.

–¡Nadie te lo ha preguntado, Quinn Tyler! –dijo ella volviéndose hacia él.

–Puedo pillar una indirecta.

–¿Desde cuándo? –Rowena rio sin humor.

–Recuerda que tienes que conducir con la marcha más corta cuando haya nieve, y no frenes bruscamente o derraparás.

–¡Ya lo sé!

Quinn se marchó y ella se extrañó de no sentirse aliviada. Alzó el mentón y respiró profundamente. Al fin estaba sola, y no necesitaba la ayuda de nadie… como siempre.

Su obstinado optimismo solo le duró hasta que pasó junto al séptimo coche abandonado junto a la carretera. Distraída por la escalofriante imagen no se fijó en la placa de hielo que había en mitad de la calzada, y su coche patinó al pasar por encima. Perdió el control del volante y el pánico se apoderó de ella.

Quinn contuvo la respiración al ver cómo el Saab plateado que tenía delante derrapaba peligrosamente y se detenía en el arcén.

–¿Cuánto le debo? –le preguntó al taxista que había estado siguiendo el coche de Rowena a una distancia prudente.

El conductor le dijo una suma desorbitada, pero Quinn hacía aceptado pagarle lo que fuera con tal de que se aventurase a conducir con ese tiempo.

—Te dije que no frenaras —gritó cuando se acercó a ella.

Lo primero que pensó Rowena fue en su bebé. Por suerte, la única parte de ella que había sufrido era la frente, al golpearse contra el parabrisas.

«El bebé está bien, el bebé está bien», se repitió hasta convencerse. Soltó un suspiro de alivio y se fijó en la alta figura que había abierto la puerta del coche. El sudor se le enfrió al recibir el impacto de la gélida brisa exterior y empezó a tiritar.

«¡Cuánto me alegro de verte! ¡Nuestro hijo está bien!», era lo que quería decir.

—¿Cómo has llegado hasta aquí? —le preguntó.

—No importa —dijo él echando su bolsa al asiento trasero—. Apártate.

Normalmente se hubiera resistido a una orden tan tajante, pero estaba tan asustada por la pesadilla que acababa de vivir, que no puso la menor objeción.

—Estás sangrando.

—¿Ah, sí? —hizo una mueca de dolor cuando él le rozó la herida en la sien. Se mantuvo quieta mientras la examinaba, pero ni siquiera la traumática experiencia evitó que se le hiciera un nudo en el estómago al percibir la fragancia de Quinn.

–Solo es un rasguño –concluyó él finalmente–. ¡Podrías haberte matado!

–Bueno, no ha sido así –dijo ella con voz suave–. De modo que no tiene sentido enfadarse por lo que podría haber pasado.

–No piensas admitir tu equivocación, ¿verdad?

–No es algo que se me dé muy bien, pero a ti tampoco.

Quinn soltó un gruñido.

–Voy a llevarte al hotel más cercano.

Sacó su teléfono móvil del bolsillo y empezó a marcar un número.

–Le diré a Niall lo que ha ocurrido… ¡Demonios! No hay cobertura.

–Estupendo, porque no voy a ningún hotel. Voy a Inverness.

Él la miró con disgusto e incredulidad.

–No sé si eres cabezota o simplemente estúpida.

–No tienes por qué ofenderme.

–Si te matas, no ayudarás a tu abuela ni a nadie. ¿Eres capaz de entender eso?

Rowena lo entendía, pero el deseo de ver a su abuela era más fuerte que cualquier otra consideración.

En parte, se debía al sentimiento de culpa. Eran demasiadas las veces que había antepuesto el trabajo a su familia, y sabía que nunca podría vivir con esa carga.

«Quiero una segunda oportunidad…», rogó en silencio.

–Si tienes miedo de llevarme hasta allí, te bajarás en la próxima gasolinera –sentenció.

Quinn observó la determinación en su rostro y se encogió de hombros.

–De acuerdo. Si tantas ganas tienes de morir, no seré yo quien te lo impida.

Capítulo 4

ASÍ es –Quinn se desabrochó el cinturón de seguridad y se recostó en el asiento soltando un suspiro.

Rowena lo miró primero a él y luego la nieve que iba cubriendo el parabrisas.

–¡No puede ser! –gritó, y ajustó la luz interior para consultar el mapa que tenía en el regazo. Por culpa de la policía y de las numerosas carreteras cortadas se habían ido alejando bastante de la ruta original–. Tiene que haber otro camino, seguro que sí –intentó convencerse a sí misma, pero era consciente de la inutilidad de sus protestas.

–El coche no va a llegar más lejos, Rowena –dijo él con voz amable–. Nos hemos quedado bloqueados.

–Pero...

Quinn negó con la cabeza.

La nieve había cubierto por completo el parabrisas, dejando el interior del vehículo sumido en una tenue luz blanquecina. A pesar de que la calefacción estaba al máximo, Rowena no podía dejar de temblar.

–No hay peros, cariño, estamos bloqueados. Tendremos que quedarnos aquí hasta que alguien nos ayude. Falta poco para que amanezca –no podían ser los únicos que necesitaran ser rescatados, ya que se habían cruzado con varios coches en semejante aprieto.

–¿Y cuándo crees que aparecerá alguien? –preguntó ella pensando en las horas que les quedaban por delante. Los dos solos encerrados en un coche...

–No tengo ni idea –repuso él encogiéndose de hombros.

–¿Y no te importa? –preguntó irritada por su tono tan tranquilo.

–Pues claro que me importa, pero no voy a ponerme histérico. ¿O es lo que tú quieres? –se le endureció la mandíbula al recordar el pánico que sintió cuando derrapó el coche de ella.

¿Quinn histérico? No, desde luego que no, pensó ella. Quinn era la templanza personificada.

–Ya sé que esto no es nada para un hombre que trabaja tan cerca de la muerte a diario, Quinn, pero ¿no puedes entenderme? ¡Yo no soy más que una chica que escribe sobre la última moda!

–¿Percibo un ligero tono de desilusión? –preguntó él aparentemente sorprendido.

–¡Claro que no! –negó ella furiosa–. Y para que te enteres, yo no estoy histérica. Solo un poco preocupada por la situación, lo que me parece bastante justificado. ¿Qué haces ahora?

–Voy a asegurarme de que el tubo de escape no está obstruido por la nieve –explicó él subiéndose la cremallera de la chaqueta hasta la barbilla–. Lo último que necesitamos es inhalar monóxido de carbono. Tú quédate aquí –ordenó, y sacó una linterna del bolsillo.

Rowena hizo con la mano un gesto burlón de saludo, y observó cómo Quinn se dirigía hacia la parte trasera del vehículo.

Mientras esperaba se entretuvo garabateando distraídamente en el cristal empañado de la ventana. Pero cuando Quinn volvió, se dio cuenta de lo que había dibujado: un corazón atravesado por una flecha y con las iniciales RP y QT.

Horrorizada, se apresuró a borrar las huellas de su traicionero subconsciente antes de que él abriera la puerta.

–Arreglado –dijo Quinn limpiándose los restos de nieve–. Y ahora vamos a llamar a las autoridades –sacó su teléfono móvil y marchó un número. No obtuvo resultado y lo intentó una vez más, sin éxito–. La batería está casi agotada.

–Bueno, eso es fantástico, ¿no? –dijo Rowena cruzando los brazos sobre el pecho.

–Y se supone que es culpa mía, ¿no? –preguntó él con voz irónica–. ¿Acaso preferirías estar atrapada tú sola en medio de ninguna parte?

–¿Es ahí donde estamos? –tragó saliva y miró asustada por la ventanilla a la inescrutable oscuridad–. ¿En medio de ninguna parte?

–Dímelo tú. Eres la oficial de navegación.

Ella parecía tan apenada, que Quinn lamentó haberse burlado. De hecho, no estaba enfadado con Rowena, sino con él mismo. Había sabido desde el principio que ese viaje era una locura, así que no podía culpar a nadie de su desgracia.

–Bueno, la verdad es que perdí el rastro cuando... –soltó un profundo suspiro–. De acuerdo, no tengo ni la menor idea de dónde estamos.

–Yo también tengo algo que confesar.

¡Seguro que no era nada comparable al secreto que ella guardaba en su interior!, pensó Rowena. Maldijo su destino por haberla llevado a esa situación. ¿Cómo podía confesarle a Quinn que llevaba un hijo suyo cuando ni siquiera ella misma lo aceptaba?

–Reconozco que supe desde el principio que no tenías ni idea de dónde estábamos.

–Sí, supongo que porque soy una mujer y, por tanto, incapaz de leer un mapa.

–Era solo una broma, Rowena. Se supone que debías reírte –le miró la boca y sintió un estremecimiento al fijarse en el contorno rosado de los labios.

–No sé cómo puedes bromear en un momento así –replicó ella mirándolo resentida. Al ver su fugaz expresión de deseo el corazón le dio un vuelco–. No le encuentro la gracia –añadió con dificultad, por culpa del nudo que se le había formado en la garganta.

Pasó revista a los objetivos que se había propuesto para ese día: librarse de Quinn y llegar hasta su abuela. Había fracasado por completo con los dos.

El único consuelo era pensar que, cuando se tocaba fondo, las cosas no podían seguir empeorando.

—¿Nunca te han dicho que al mal tiempo hay que ponerle buena cara, Rowena? —ella se negó a responder a sus burlas y a mirarlo a los ojos—. Bueno, siempre he dicho que...

—Algo profundo y trascendental, sin duda —lo interrumpió ella.

—No hay que preocuparse por las cosas que no se pueden controlar —dijo él, ignorando su sarcástica interrupción.

—Muy profundo... No me he equivocado.

Quinn la miró con evidente disgusto en sus verdes ojos.

—Todo esto sería mucho más fácil de soportar si te ahorrases tu cinismo, ¿no crees?

—Sería mucho más fácil si dejaras de tratarme como a una niña —replicó ella.

—¿Te has oído a ti misma últimamente, cariño? Conozco a niños de siete años que hablan con más sensatez que tú —Rowena se ruborizó, consciente de su comportamiento—. Sé que estás preocupada por tu abuela, pero estar aquí lamentándote por todo no va a ser de mucha ayuda.

—No, la única ayuda sería tener un quitanieves.

Quinn se giró y se inclinó sobre los asientos traseros. Al hacerlo rozó la pierna de Rowena, quien sintió una intensa vibración por todo el cuerpo.

–¿Qué haces? –le preguntó, esperando que él no lo hubiera notado.

–Concentrarme en las cosas que sí podemos controlar –dijo él agarrando su bolsa de viaje y poniéndosela sobre el regazo–. No queda mucha gasolina, así que no podremos tener la calefacción encendida mucho tiempo. Tenemos que buscar algo para no pasar frío –sacó un jersey y se lo dio a Rowena–. Póntelo. Puede que no sea de la última moda de invierno, pero es mejor que sufrir una hipotermia. Además, si no nos abrigamos bien, tendremos que entrar en calor por el viejo método –ella lo miró sin entender–. Contacto corporal –explicó él con una sonrisa burlona–. La última medida... o quizá la primera, dependiendo de tu punto de vista.

Rowena se puso completamente colorada. Por un segundo, se imaginó el contraste entre su pálida piel rosada y el cuerpo bronceado de Quinn.

–¡Oh! –exclamó, parpadeando con fuerza para apartar las tentadoras imágenes.

–Tengo la impresión de que no te gustaría llegar a eso –dijo él sin poder evitar sentirse disgustado. Era frustrante estar encerrado con la mujer que deseaba y no poder tocarla.

Quinn había notado cómo se estremecía en el asiento. ¿Cómo podía pensar que ella no quería que la tocara? Aquello era terriblemente irónico.

–Podría decirte cuánto ansía mi piel el contacto con la tuya... –le dijo mirándolo con desdén–. Pero no me apetece satisfacer a un hombre de personalidad tan débil.

–Tranquila, Rowena. No lo he hecho con nadie en un coche desde que era un adolescente, y no tengo intención de recordarlo.

Rowena se quedó horrorizada al pensar en lo que deseaba que Quinn se tragase sus palabras... y ella las suyas.

–Nunca lo he hecho –dijo mientras se quitaba la chaqueta para ponerse el jersey.

–Nunca has hecho ¿qué? –Quinn sacó algunas prendas más y soltó la bolsa.

–Nunca lo he hecho en un coche –confesó. Al sacar la cabeza por el cuello del jersey vio que Quinn la miraba sorprendido.

–¿Nunca... ? –ella negó con la cabeza–. Realmente desatendieron tu educación, cariño.

La expresión de sus ojos la asustó un poco, y la hizo pensar que a Quinn no le importaría llenar personalmente esas lagunas de su educación...

–Tenía otras preocupaciones en mi juventud –respondió ella en tono despectivo.

–¿Y no sientes curiosidad?

–En absoluto –se puso la chaqueta sobre el jersey.

–Bueno, si cambias de opinión…

Rowena se ruborizó hasta las pestañas, y él se echó a reír, irritándola aún más. En su trabajo estaba acostumbrada a coquetear con actores famosos y gente importante. No le seducía la idea de sentirse como una adolescente torpe e inexperta.

—¿Qué te parece si juntamos nuestras provisiones? —preguntó él, y dejó sobre la guantera dos barras de chocolate y una caja de pastillas de menta—. Aunque supongo que estarás siguiendo una dieta rigurosa, y que no llevarás nada dulce en los bolsillos.

—No estoy a dieta, pero tampoco voy con los bolsillos llenos de porquerías.

—¿No tienes nada útil?

—Tal vez deberías habérmelo preguntado antes de darme este horrible jersey —dijo ella mirando su abultado aspecto—. Me siento como una momia.

—Más bien pareces una de esas muñecas rusas... ¿Cómo se llaman?

—No lo sé, pero seguro que no tienen cintura.

—No he querido ofender la medida de tu cintura —dijo él con tono más suave, divertido ante aquella muestra de vanidad femenina—. ¿Sabes? Tenía una colección de pequeño, y siempre me gustó quitar las capas.

Su insolencia salpicada de insinuación sexual la hizo temblar bajo las gruesas ropas.

—Creía que las muñecas eran para las niñas —se burló ella apartando la mirada.

—Mis padres estaban en contra de cualquier estereotipo —explicó él con voz solemne—. Me hicieron conocer mi lado femenino desde una edad muy temprana y... —le echó una mirada lasciva—, la verdad es que salí ganando.

–No creo que tus padres pensaran en esos posibles beneficios –observó ella.

–Podrían darte algunas lecciones para no ser tan estrecha de miras –replicó él.

–No soy estrecha de miras solo por considerar que tu estilo de vida es repugnante.

–¡Estás celosa! –dijo él echándose a reír.

Rowena abrió la boca para negarlo, pero entonces se dio cuenta de que Quinn tenía razón. No soportaba la idea de imaginárselo con otras mujeres…

–Nada más lejos de la realidad –la mentira hizo que le temblaran los labios–. No envidio a tus conquistas, pero sí hubiera preferido no ser una de ellas. Te aseguro que, si pudiera revivir algún momento de mi vida, no sería ese de Nueva York.

El enojo de Quinn fue evidente en su sonora espiración, pero Rowena estaba decidida a no negar lo que había dicho.

–¿Acaso fue tan traumático? –le preguntó él con tono amenazante que no hizo más que intensificar el atractivo de su rostro.

–Sí… no… Sabes muy bien que no. ¡Después de todo eres un amante formidable! ¿Satisfecho? –le preguntó ella resentida.

–No del todo. Si fue tan formidable, ¿por qué quieres olvidarlo?

Rowena negó con la cabeza y se inclinó hacia adelante con un suspiro. Cuando volvió a mirarlo, los ojos le brillaban por las lágrimas.

–Porque si no hubiera pasado, mi vida no sería tan difícil.

–Pero, ¿se puede saber qué te pasa? –preguntó él con disgusto–. ¿Por qué no te puedes permitir algo espontáneo en tu vida?

¡Qué fácil era decirlo cuando no se llevaba un bebé dentro!

–No voy a disculparme por nada, y tampoco comparto tu idea de la espontaneidad, Quinn. ¡Si no hubiera sido tan espontánea no estaría embarazada! –gritó.

Pasaron veinte segundos antes de que Quinn moviera hacia atrás la cabeza. Rowena se llevó una mano a la boca y vio que se había quedado completamente pálido.

Tampoco ella debía de tener buen aspecto. Había sacado a la luz la innegable realidad, y ya era imposible volver a ocultarla.

–¡Oh, Dios! No quería estallar así… –¿había algún modo más amable de decirle a alguien que iba a ser padre?–. Pero me has puesto tan furiosa que…

–¿Embarazada? –preguntó él casi sin aire–. ¿Quieres decir... embarazada de mi hijo?

Rowena se estremeció. La pregunta era más dolorosa de lo que había temido.

–Lo siento, pero no hay más candidatos –se pasó una mano por la frente y notó la humedad del sudor–. Olvídalo. No he dicho nada –soltó una risa amarga–. Es mi problema.

–¿Que lo olvide? –su voz expresaba al mismo tiempo la furia y la incredulidad–. ¿Por eso

has estado evitándome? ¿Cuándo pensabas decírmelo? –la miró con los ojos entrecerrados–.
¿O no pensabas decírmelo?

Y eso era solo el comienzo…, pensó Rowena
cerrando los ojos. Todas las emociones que había estado reprimiendo durante las últimas semanas explotaron dentro de ella. El deseo, el
dolor, el miedo a las inevitables recriminacio-
nes…

Las lágrimas empezaron a resbalarle por sus
pálidas mejillas de alabastro, hasta que soltó un
grito ronco y abrió la puerta. Sin atender a los
histéricos avisos de Quinn, salió al exterior y
echó a correr hacia la oscuridad.

La capa de nieve era tan espesa que los pies
se le hundían con cada paso, haciendo más y
más difícil la huida. Rowena se concentró en
cada pisada, levantando el pie con todas sus
fuerzas y dejándolo caer en la blanca superficie.
No veía nada delante de ella, y solo oía el ince-
sante aullido del viento y los frenéticos latidos
de su corazón mientras sentía en la cara los copos de nieve, tan hirientes como afilados perdi-
gones de hielo.

Pronto se quedó sin aliento. Sintió como si
los pulmones le ardiesen. Dar un paso le suponía un terrible dolor en las extremidades y en
los costados. Seguramente alguien con menos
arrojo y no tan cabezota se habría tumbado sobre el manto de nieve, pero a Rowena no se le
ocurrió ni por un segundo detenerse. Ella no era
de las que abandonaban…

De repente, se topó con un muro de piedra, que le supuso un pequeño refugio contra el viento. Se agachó para tomar aire y considerar la estupidez de su huida. La escasa lógica que la había hecho escapar del coche quedaba anulada ante la situación en que se encontraba.

Porque tenía que reconocer que estaba en peligro. Y no importaba la sucesión de acontecimientos que la hubieran llevado hasta allí. Lo único importante era volver al coche.

Pero, ¿dónde estaba el coche?

Tragó saliva e intentó no pensar en el acuciante temor que la asaltaba. Había cometido una estupidez y era el momento de enmendarla, pero, ¿cómo?

Recordó el documental que había visto sobre personas que habían sobrevivido en condiciones extremas. Recordó especialmente el caso de un tipo que sobrevivió durante tres noches heladas en Snowdonia. Pero ella no era ni un ex miembro de las Fuerzas Especiales ni tenía el equipamiento necesario. ¿Cómo iba a cavar un agujero en el suelo? Ojalá hubiera prestado más atención a los detalles de aquel programa.

Le pareció que la oscuridad era menos densa y se levantó a escudriñar el paisaje que la rodeaba. No vio ningún camino, ninguna casa y tampoco supo por dónde había llegado hasta allí. Estaba a punto de desplomarse, derrotada, cuando percibió un movimiento.

Esperanzada, agitó un brazo para intentar llamar la atención de la persona que caminaba bajo la tormenta, fuera quien fuera. Dejó escapar un suspiro de alivio cuando reconoció una figura alta en la oscuridad. Era imposible distinguir sus rasgos, pero estuvo segura de que se trataba de Quinn. Tenía que ser Quinn.

«Y viene por mí», pensó, olvidándose al instante del deseo que había tenido de huir.

Sin embargo el soplo de esperanza pronto se esfumó. La figura no la había visto, y se alejaba en otra dirección.

Rowena empezó a gritar con toda la fuerza que le permitieron sus asfixiados pulmones, pero sus gritos quedaban enmudecidos por el viento.

«Tengo que llegar hasta él».

Y reuniendo sus escasas fuerzas en un último y desesperado intento consiguió ponerse en pie. Pero desgraciadamente, ni siquiera su férrea determinación podía darle las energías que necesitaba, y cayó exhausta al suelo.

Tendida boca abajo, con la cara presionada contra la nieve, sintió las lágrimas de la derrota en sus ojos cerrados.

Entonces sintió que unos brazos la agarraban por los hombros y la hacían erguirse. Unas manos grandes y enguantadas le quitaron la nieve de la cara, y Rowena pudo ver un rostro duro con cejas oscuras y largas pestañas. Los ojos verdes brillaban como gemas en la oscuridad.

–Quinn... –dijo en un susurro tan débil que ni siquiera ella lo oyó. Cerró los ojos y sintió el abrazo de sus poderosos brazos y el calor de su respiración contra su mejilla. Y por un momento se olvidó de todo lo demás.

A los pocos segundos, él la apartó y le palpó el cuerpo para comprobar si estaba herida.

–¿Estás bien? –le preguntó para asegurarse. Ella asintió con la cabeza y él sintió el mayor alivio de su vida. Rowena estaba bien... por lo que podía recibir una buena reprimenda–. ¿Es que te has vuelto loca? –le preguntó enfurecido.

Mejor volverse loca que sufrir, pensó ella.

–¿Dónde está el coche? –le pareció más apropiado cambiar de tema que responder.

–No muy lejos –respondió él con el ceño fruncido–. Y tengo un sentido de la orientación excelente –añadió para no asustarla. Había estado tan preocupado buscando sus huellas antes de que la nieve las borrara, que no se había fijado en el camino que tomaba.

–Eso significa que tú tampoco tienes ni idea –interpretó ella–. ¿Y qué pasa ahora con todas esas patrañas de vivir en armonía con la naturaleza y demás?

Quinn no respondió. Se limitó a subirle el cuello forrado de lana de la chaqueta, y, sujetándola la cara con las manos, la besó en los labios.

Rowena se sorprendió de sentir tanto calor en la boca. Inconscientemente, la abrió para recibir la lengua, y fue como si llamaradas de pasión la derritieran por dentro. Con un gemido de placer, se presionó contra su cuerpo e intentó amoldarse a sus músculos.

Cuando él se apartó ella, dejó escapar un gemido de protesta.

—¡Menudos momentos eliges, nena! —dijo él con una amarga sonrisa.

—Tú lo has empezado... ¡Acábalo! —exclamó, avergonzada por tener menos fuerza de voluntad que él.

Quinn le dirigió una breve mirada, antes de quitarse los guantes y ponérselos a ella.

—Pero...

—Por una vez en tu vida... ¡Cállate! —le ordenó él.

Rowena estaba tan pasmada, que no reaccionó hasta que Quinn la levantó en sus brazos y se la cargó al hombro.

—¿Estás cómoda?

—¡No! —chilló, y empezó a golpearle la espalda mientras profería violentos insultos contra los hombres. Pero de nada le sirvió, y tuvo que resignarse a la humillante posición. Por suerte, no había nadie para verla en esa postura tan humillante para una feminista como ella...

Quinn no tardó en darse cuenta de que era imposible llegar hasta el coche. No conseguía recordar ninguna señal que le indicase el camino, por lo que se olvidó del coche y empezó a buscar algún refugio. Estaba a punto de darse por vencido cuando distinguió una chimenea entre los árboles, a unos cien metros de distancia.

—¿Qué pasa? —preguntó Rowena al notar que se detenía.

Giró la cabeza tanto como pudo y siguió la

dirección de su mirada. No pudo ver nada, pero era obvio que él sí podía, y Quinn no solía sufrir alucinaciones. Le recordó que quería bajar y él accedió.

Juntos caminaron hacia el bosquecillo y llegaron a una verja que daba a un jardín. En medio se levantaba una pequeña casa de piedra. Quinn se quitó la capucha y la observó más de cerca, y lo mismo hizo Rowena.

–Parece que no hay nadie en casa –dijo ella–. Aunque... puede que todavía estén en la cama, ¿no? –aún no había amanecido, pero las primeras luces empezaban a clarear el horizonte.

–Es posible –dijo él–. Si es así, vamos a despertarlos ahora mismo –llamó fuertemente a la puerta, pero no recibió respuesta–. Quédate aquí. Voy a echar un vistazo a la parte trasera... ¿Pasa algo? –le preguntó al ver su cara de preocupación.

Rowena prefirió no protestar más, aunque la idea de quedarse sola no era lo que más la seducía.

–Estaré bien.

–Buena chica –dijo él sonriéndole con afecto.

Ella lo siguió con la mirada hasta que desapareció tras la esquina, y se quedó inmóvil, mirándose los pies semienterrados en la nieve. Iban a dolerle mucho cuando la sangre volviera a circularle... Si es que volvía. ¡No! No podía ser tan pesimista. Seguro que Quinn no tardaba en regresar.

Un rato después, que a Rowena le pareció

eterno, oyó un ruido en el interior de la casa. Poco después la puerta se abrió.

–¿Cómo has entrado? ¿Te ha abierto alguien? –preguntó ella.

–No, he roto el cristal de una ventana.

–¿Cómo? –se quedó paralizada de horror–. No... no puedes entrar así.

–No hay electricidad, pero he encontrado esta linterna –se la tendió.

–¿La has robado?

–Si te vas a poner pedante ahora... La he tomado prestada –respondió disgustado–. ¿Prefieres que nos quedemos a oscuras o congelándonos ahí afuera?

–No, claro, pero...

–No hay peros –interrumpió él, y descorrió una cortina de una ventana.

–¡Cielos! –exclamó ella al ver mejor la sala de estar que ocupaba toda la planta baja.

–No es lo que esperabas, ¿verdad?

Por dentro, la casa no se correspondía con su modesto aspecto exterior. El suelo de piedra estaba cubierto con alfombras de colores, las paredes con tapices, y el mobiliario parecía muy lujoso.

–¿Quién vivirá aquí?

–Sea quien sea, no espera recibir visitas.

–¿Cómo lo sabes?

–Solo hay una cama –dijo él señalando hacia las escaleras–. De matrimonio –añadió en tono divertido.

–¿Cómo puedes pensar en camas en estos

momentos? –preguntó ella intentando no pensar también en lo mismo.

–Estaba pensando en la carencia de camas libres... no en lo que pueda hacerse en ellas.

Terminó de descorrer las cortinas restantes, y entraron las primeras luces del alba. Una de las paredes era totalmente de cristal, y Rowena pensó en lo agradable que sería contemplar el atardecer desde esa salita... o incluso una tormenta de nieve, siempre y cuando hubiera un fuego encendido.

–Podría ser peor –dijo Quinn frotándose las manos–. Ahora hay que entrar en calor.

Había una cesta con leños junto a la chimenea y también una caja de cerillas. Colocó unos troncos y consiguió encenderlos sin mucha dificultad.

–No podemos aprovecharnos como si fuera nuestra casa, Quinn –dijo ella preocupada.

–Bien, si lo prefieres podemos hacer una lista con todo lo que utilicemos y con nuestros números de teléfono. Primera cosa: dos cerillas...

–Creo que...

–Estaba bromeando –dijo él en tono irónico.

–Bueno, pues yo no. ¿Qué pasaría si los dueños nos encuentran aquí? –se acercó a la chimenea, donde el fuego ya empezaba a dar calor, y pronto dejó de temblar.

–No creo que venga nadie con este tiempo, pero si es así me ahorrarán la molestia de buscar la caja de fusibles. Aunque no serviría de mucho. Seguramente el temporal haya dejado sin luz a la mitad de la región.

Rowena lo miró y no percibió en él nada de la incomodidad que a ella la angustiaba.

–¿No te sientes incómodo por estar aquí?

–Prefiero salir en los periódicos por allanamiento de morada que por haberme congelado en el bosque.

Oyéndolo hablar así, Rowena sintió que sus preocupaciones eran ridículas.

–Lo que me recuerda que tengo que hacer una cosa... –se puso a registrar los armarios de la cocina, y encontró un cartón grueso que colocó en la ventana rota.

Rowena lo observó mientras ella intentaba estirar sus doloridas piernas. Sus agotadoras sesiones en el gimnasio no la habían preparado para correr por la nieve.

–¿Estás seguro de no haber hecho esto antes?

–Hoy estoy haciendo muchas cosas por primera vez –respondió él seriamente–. Esa chaqueta no es impermeable, ¿verdad?

–No, está temporada se lleva mucho el color –explicó ella–. ¿Te gusta? Puedo conseguirlo con un treinta por ciento de descuento.

–Me alegra ver que no has perdido tu sentido del humor.

–¿No decías que no tenía? –replicó ella, pero temblaba demasiado para seguir.

–Tienes que estar empapada hasta los huesos –dijo él mirándola con atención–. Tenemos que buscarte ropa seca. Lástima que no haya agua caliente. Un baño te sentaría muy bien... –la voz se le quebró de golpe.

A pesar de que era un hombre disciplinado y de saber que lo primero era asegurar la supervivencia de ambos, no pudo evitar el recuerdo del baño caliente que compartieron en el hotel de Nueva York.

Le costó toda su fuerza de voluntad apartar la imagen de Rowena, con su sensual sonrisa semioculta por los mechones mojados. Pero volvió a verla, con los brazos echados hacia atrás y levantando los pechos, mientras él dejaba caer el agua sobre los endurecidos pezones...

–Quinn... Quinn... ¿Estás bien?

Al oír la voz de Rowena, sacudió la cabeza y se fijó en ella.

–¿Has dicho algo? –preguntó en tono defensivo.

–¿Estás bien? –volvió a preguntar ella.

–Aparte de estar medio congelado... –tendió su palma hacia ella–, estoy bien.

–No bromees sobre eso –le pidió ella con voz ronca, pasándose la lengua por el labio.

–Siéntate junto al fuego y quítate esas ropas mojadas. Yo iré arriba a ver qué puedo... tomar prestado –arqueó una ceja y le lanzó una mirada desafiante.

Rowena se encogió de hombros y le lanzó la linterna.

Cuando se quedó sola hizo lo que Quinn le había mandado y empezó a desnudarse. Fue una tarea difícil, ya que tenía los dedos entumecidos, pero cuando él volvió, ya estaba casi desnuda.

Quinn se acercó en silencio, sin hacer notar su presencia, y al contemplar su esbelta figura recortada contra el fuego sintió que el corazón se le encogía en un puño.

Al oír el susurro de una maldición Rowena supo que no estaba sola. Se dio la vuelta tan asustada como un animal y sus miradas se encontraron. Azul violáceo con verde intenso. Nada la hubiera hecho sentirse más desprotegida...

–¿Qué pasa? –preguntó ella. Era una pregunta tan estúpida, que no recibió respuesta, por lo que se mordió el labio y volvió a girarse.

Estaba harta de tratar con gente importante, y nunca se quedaba sin palabras. Sin embargo, con Quinn se sentía torpe y ridícula. Y eso era razón más que suficiente para no estar con él. Lástima que no lo hubiera sabido antes...

Lo observó mientras dejaba sobre un sillón el montón de cosas que llevaba. Luego, se acercó a ella y la cubrió con una toalla bastante grande.

Rowena sintió una explosión de calor cuando Quinn metió un par de troncos en la chimenea. Pronto la leña empezó a crepitar y Quinn se quitó el impermeable.

–Tenemos que reactivar tu circulación –dijo él arrodillándose a sus pies–. Tienes la piel azulada –añadió, absorto por el contorno de sus esbeltas piernas.

–¿Qué... qué haces? –se apoyó temblando en

su hombro mientras él le levantaba la pierna. Le quitó el calcetín empapado y lo arrojó por detrás de la espalda–. ¿Por qué eres tan descuidado? Podrías mostrar un poco más de respeto en una casa que no es la tuya –dijo en tono desaprobatorio, preocupada por que los dueños entrasen en ese momento.

–Dejaremos para luego los aspectos morales –dijo él secamente–. Ahora, si no te importa, prefiero concentrar mis esfuerzos en evitar una hipotermia. Quítate la camisa y lo que lleves debajo.

La última vez que Quinn le había ordenado desnudarse lo había hecho de un modo mucho más… seductor. Rowena intentó no pensar en ello.

Tal vez sabiendo que estaba embarazada no pensaría en ella de esa manera. Después de todo, ¿a cuántos hombres les parecía seductora una mujer embarazada?

Podía limitarse a desoír su orden. ¿Por qué molestarse en obedecerlo? La idea de verse a sí misma con diez tallas más bastaba para apagar cualquier chispa de pasión.

–No te quedes ahí parada. No ocultas nada que no haya visto ya –le recordó él.

–La última vez estabas invitado a verlo –dijo ella, y no pudo evitar el recuerdo de una imagen: la falda levantada, la camisa abierta revelando sus pezones endurecidos y húmedos, pues él los había lamido, y ella suplicándole que le hiciese todo lo que quisiera…

Tragó saliva y evitó su mirada. No podía creer que hubiera hecho esas cosas.

–De modo que fui… –el brillo de sus ojos hizo que a Rowena le diera un vuelco el corazón–. Si lo prefieres, no miraré –dijo él esbozando una media sonrisa.

¡Rowena no tenía intención de darle la oportunidad!

Teniendo cuidado de no mover la toalla, se quitó la camisa y se desabrochó el sujetador. No era que no le gustase su cuerpo, sino verlo a través de los ojos de Quinn. La hacía sentir como si fuera una mujer extremadamente sensual, llena de deseo y pasión descontrolada. Y no estaba segura de conocer muy bien a esa mujer, y mucho menos de confiar en ella.

Quinn no dijo nada, pero ella casi pudo leer sus sarcásticos pensamientos.

–¡Ay, duele mucho! –protestó ella cuando él empezó a frotarle las piernas con otra toalla. Pero, a pesar del dolor, notó que la sangre volvía a fluirle por las extremidades.

–¡No seas cría! –su brusquedad fue tan hiriente como sus movimientos.

Rowena vio que estaba pálido y que vacilaba. Se mordió el labio inferior para impedir que temblara y agarró la toalla que Quinn sostenía.

La intimidad que se respiraba en el ambiente había dejado paso a un recelo frío y hostil.

–No se necesitas un diploma de fisioterapeuta para hacer eso. Creo que puedo arreglármelas yo sola –murmuró ella evitando su mirada.

Tras unos segundos de silencio, Quinn asintió y soltó la toalla.

–Si eso es lo que quieres… Pero no va a desaparecer, Rowena –ella no cometió el error de pensar que se estaba refiriendo a su temblor–. A menos que lo hagas desaparecer.

Capítulo 5

ROWENA no entendió las palabras de Quinn hasta que no pasaron varios segundos. Cuando finalmente comprendió el significado abrió los ojos desorbitadamente.

—¿Crees que debería...? —se levantó de un salto y miró al hombre que tenía a sus pies.

A pesar de su postura, no había nada de sumiso en Quinn, ni tampoco ninguna actitud reprobatoria.

Quinn no era vulnerable. Siempre daba muestras de tenerlo todo bajo control, pero en esos momentos parecía ansioso por escucharla a ella. ¿Qué otra cosa se podía esperar? Decirle a un hombre que iba a ser padre y luego dejarlo solo en un coche podía espantar incluso a alguien como a Quinn.

Su hipocresía la enfureció. ¿Por qué no iba a pensar él que ella tomaría la solución más fácil? Fue entonces cuando se dio cuenta de que el aborto no era precisamente lo más fácil...

Dejó escapar un tímido suspiro y negó casi imperceptiblemente con la cabeza. Pero el fugaz movimiento hizo que Quinn cerrase los ojos y respirara con alivio.

–Me alegro –dijo cuando volvió a abrirlos.

Aunque no lo hubiera expresado con palabras, Rowena pudo ver su regocijo en la brillante mirada de sus verdes ojos.

Quinn se puso en pie y, sin decir nada, empezó a secarle el pelo con la toalla que tenía sobre los hombros.

Rowena se quedó inmóvil, intentando reprimir el ridículo deseo de darse la vuelta y besarle su piel cálida.

Pronto el silencio se le hizo insoportable.

–No creas que... Quiero decir... Esto no es el embarazo imprevisto de una adolescente.

–¿Hay algo que no me hayas dicho? –preguntó él con una sonrisa amarga.

–Me refiero a que no vayas a creer que no sé cuáles son mis opciones –dijo ella, aterrorizada de que él pudiera pensar que su embarazo había sido deliberado–. Y he pensando en todo... incluso en no tenerlo –reconoció con un ligero tono defensivo.

Quinn le dirigió una mirada fugaz y siguió secándole el pelo.

–Teniendo en cuenta las veces que me has sermoneado sobre los derechos de la mujer, esto no me sorprende, pero si has tomado una decisión... eso es lo que importa.

Rowena tragó saliva. Quinn tenía razón. Era el momento de analizarlo cuidadosamente. Pensó en el tiempo que se habría ahorrado si hubiera hecho caso a su instinto desde el primer momento.

–Es una decisión mía.

–Sí.

Su acatamiento la irritó bastante. Cualquiera pensaría que estaba deseando replicarle con argumentos basados en su trabajo y en su carrera.

–¿Y tengo que creerme que tu sorprendente sumisión habría sido la misma si mi decisión hubiese sido otra? –preguntó ella. Era muy diferente acostarse con una mujer a tener que asumir las responsabilidades de la paternidad.

Rowena había escuchado demasiadas historias horribles sobre las parejas que se rompían por culpa de hijos no deseados. Pero lo que más la asustaba era pensar en esas otras parejas que creían encontrar la solución en tener más hijos...

Aunque no podía aplicar eso a Quinn, ya que entre ellos ni siquiera había una relación.

Quinn la miró con una mueca y dejó de actuar como si secarle el pelo fuera lo más importante del mundo.

–Me considero la personificación de una mente abierta... Pero aquí no soy un mero observador, Rowena. Se habría producido algún conflicto, me temo –reconoció, eligiendo con cuidado sus palabras.

–¿Quieres decir que te habrías opuesto a mi decisión con todas tus fuerzas? –preguntó ella. Se sentía ridículamente aliviada al saber que él no quería que se librase del bebé.

–Quiero decir que habría hecho lo que tuviera que hacer. Sé que es tu cuerpo y que la última solución te atañe solo a ti, pero es nuestro hijo, y habría hecho todo lo posible. No solo por el bebé, sino también... –no terminó la frase y la observó intensamente–. No creo que nadie sepa cómo reaccionaría en una determinada situación hasta que se ve metido en ella.

Rowena se relajó un poco y asintió. Le gustaba la sinceridad de Quinn.

–A veces las cosas salen bien, al menos en teoría –dijo ella, pero su expresión se ensombreció al pensar en las consecuencias que aquello podría suponer.

–Reconocer tu error no es un signo de debilidad.

Ella se indignó al oírlo. ¡Como si él fuera un experto en reconocer sus errores!

–¿Qué estás haciendo? –le preguntó cuando él la levantó en sus brazos sin previo aviso.

Al principio, se alarmó de que la levantara así, pero enseguida reconoció lo agradable que era estar sujeta por unos brazos tan fuertes y musculosos.

–No eres tan ligera como pareces –dijo él con un gruñido.

–Nadie te ha pedido que me levantes –replicó ella frunciendo el ceño. Le rodeó el cuello con un brazo para guardar el equilibrio.

–Así es más rápido. Tenemos que acelerar el proceso... No te has calentado lo suficiente.

Ella no supo qué responder a eso. La preocupaban los métodos de Quinn...

–¿Vas a bajarme o no?

De nuevo sin previo aviso, la dejó sobre el sofá lleno de cojines que ocupaba el centro de la sala, y luego lo arrastró con ella encima hasta acercarlo al fuego.

Antes de que ella pudiera protestar o moverse, Quinn agarró el edredón que había bajado del piso superior, y la envolvió con él.

–¿Solo conmigo te comportas como un cavernícola? –preguntó ella sin dejar de temblar–. ¿O alguna vez pides permiso para...?

Se le rasgó la voz al ver que Quinn se estaba quitando los pantalones.

–Creo en la importancia y la necesidad de consultar una decisión antes de tomarla –dijo él, ajeno al asombro de Rowena–. Pero cuando una situación requiere medidas extremas, no soy partidario de someterlo a votación.

–Siempre he creído que en tu vida anterior fuiste un rey tiránico y déspota –pensó que si Quinn se desnudaba con la misma rapidez con la que tomaba decisiones, sería ella la que iba a necesitar medidas extremas... en otra parte de su cuerpo.

–Déspota y magnánimo.

–No existe semejante combinación.

–¿Recuerdas lo que te mencioné sobre el contacto corporal para elevar la temperatura?

Rowena tragó saliva. Era imposible olvidarlo...

–Bueno, pues esto es una versión modificada –le tendió la camiseta que él había llevado puesta–. Póntela, te dará calor –la apremió al verla inmóvil–. No muerde.

Rowena se había quedado boquiabierta al verlo casi desnudo, tan solo con unos calzoncillos, pero no tenía ninguna excusa razonable. Asintió y sacó la mano fuera de la manta para agarrar la camiseta que él le ofrecía. Se la puso si destaparse, y sintió de inmediato el calor del cuerpo de Quinn sobre sus pechos hipersensibles.

–No pensaba mirarte –le dijo él cuando ella volvió a asomar la cabeza.

–Prefiero no correr riesgos –dijo ella poniéndose colorada.

–Muy bien hecho –aceptó él acercándose al sofá–. Y ahora hazme sitio.

–¿Qué? –Rowena cruzó los brazos al pecho en un gesto defensivo–. No puedes…

Claro que podía… Se deslizó a su lado y los tapó a los dos.

–Fase número dos…

–¡Oh, no! –susurró ella completamente rígida–. No es esto lo que quiero.

–Acuéstate sobre mí –dijo él tumbándose de espaldas.

–¡Ni hablar! –negó ella con firmeza.

–Por Dios, Rowena. Estás temblando como un flan.

–Entraré en calor enseguida –replicó no muy convencida.

–No, no lo harás. Te he ofrecido estar encima para que seas tú quien tenga el control.

Rowena no pudo ni sonreír por la broma. Cualquier control sobre Quinn era una mera ilusión.

—Maldita sea, esto no es ninguna técnica de seducción. Estás sufriendo una hipotermia —dijo endureciendo su expresión.

—¿En serio?

—Confía en mí. Soy médico.

—Pero no eres mi médico —su médico no estaría acostado con ella en calzoncillos—. Y los médicos tienen que soportar las demandas de sus pacientes insatisfechos.

—Te hablo en serio, Rowena. Este es el modo más efectivo para aumentar la temperatura corporal.

Respiró aliviado al ver que ella parecía quedarse convencida. Lo siguiente era seguir con esa actitud profesional que había adquirido.

—¿Y cómo vamos a hacerlo? —le preguntó ella.

—Como tú quieras —fuera como fuera iba a ser muy duro para él. Había pasado las últimas semanas fantaseando con ella, y en esos momentos tenía su cuerpo apretado contra el suyo. ¡Y él tenía que comportarse como un médico!

Intentó relajarse, pero su cuerpo no parecía dispuesto a colaborar cuando Rowena deslizó una pierna sobre sus caderas y le puso una mano en el hombro.

Sacudió la cabeza y se puso a repasar mentalmente el funcionamiento del aparato digestivo. Era una técnica que le daba buenos resultados, aunque hacía mucho tiempo que no la usaba.

Rowena intentó convencerse a sí misma de que estaba encima de una fuente de calor, no sobre un macho viril y excitado. Se mordió con fuerza el labio para reprimir un gemido, pero todo su cuerpo clamaba de deseo.

Le rozó la barbilla con sus húmedos cabellos y Quinn perdió la concentración en su repaso científico.

—¿Estás cómoda?

—Sí, gracias —respondió ella, intentando con todas sus fuerzas no hacer nada que pudiera interpretarse como una provocación—. No te hago daño, ¿verdad?

Un murmullo casi inaudible salió de los labios de Quinn.

—¿Qué has dicho?

—Solo un codo en el lugar equivocado —explicó mientras cambiaba su brazo de postura—. Y ahora vamos a acelerar el proceso, ¿de acuerdo?

Rowena no tuvo tiempo de preguntar a qué se refería antes de que Quinn empezara a masajearle la espalda. Lo hacía de un modo tan mecánico que parecía imposible que estuviera pensando en sexo.

Aquella idea la hizo finalmente relajarse, y empezó a disfrutar del cálido y reconfortante masaje de las experimentadas manos de Quinn.

Al cabo de unos deliciosos minutos, giró la cabeza para mirarlo, y lo vio con los ojos cerrados. Estaba examinando con ávido interés las

facciones angulosas de su rostro cuando sus párpados se abrieron. Rowena se vio reflejada en
sus ojos increíblemente azules. Unos ojos que
tenían el poder de derretirla hasta los huesos…

Le dedicó una tentadora sonrisa, pero él no
se la devolvió.

—Estoy mucho mejor.

—Parece que no solo tu piel se ha descongela-
do —dijo él secamente.

—Si alguna vez te planteas cambiar de trabajo, ganarías una fortuna como masajista.

—Lo tendré en cuenta.

Se arrastró un poco más arriba para que los
dedos de Quinn llegasen hasta la curva de su
trasero.

—Eso está demasiado bien, Quinn.

—Lo siento —dijo él apartando la mano.

El tono ronco de su voz hizo pensar a Rowena que tal vez Quinn no estuviera tan ausente como parecía. La posibilidad era tan suge-
rente, que empezó a contonearse sobre él. La
palpitación en la garganta de Quinn la hizo ver
que no veía aquel movimiento como acciden-
tal.

—Tengo los pies fríos —le susurró ella—.
Mira… —subió la rodilla y le rozó la pierna con
sus dedos—. ¿Puedo calentarlos? —le preguntó
mientras se tumbaba a su lado, hombro contra
hombro.

—¿Qué demonios crees que estás haciendo,
Rowena? —su mirada era intensa.

—No sé a qué te refieres —dijo en tono inocente–. Supongo que estaba… provocando un poco –de pronto se sintió culpable.

–¿Me estás diciendo la verdad?

No, le estaba diciendo la primera estupidez que se le había pasado por la cabeza.

–No veo nada malo en la provocación –dijo ella con un suspiro…

–¿Acaso he dicho que sea malo?

–¿Quieres que me disculpe? Estupendo. Siento haberme insinuado.

–¿Lo sientes? –la miró con incredulidad–. No quiero tus disculpas. ¡Te quiero a ti!

–¿A mí? –el corazón le dio un vuelco.

–Esto no puede sorprenderte –dijo él sujetándola por la barbilla–. Ni siquiera he intentado ocultarlo.

–No, claro, pero… Eso era antes de saber que estaba… –le tembló la voz por los nervios–. No quiero que pienses que me estaba insinuando porque necesito un padre para mi hijo…

–Rowena, tienes un padre para el bebé… ¡Yo!

–Sabes a lo que me refiero –respondió ella, asustada por su implacable mirada.

Sí, desde luego que lo sabía, pensó Quinn. Tal vez no fuera el mejor momento para decirle que no quería ser un padre a tiempo parcial.

–Creo que me hago una idea, pero… ¿A qué viene la… provocación?

Rowena no podía dejar de mirar su boca tan sensual mientras todo su cuerpo agonizaba por un deseo abrasador.

–¿Tenemos que hablar de esto?

–Creo que sí –respondió él con voz burlona.

Si ese era el modo que tenía de castigarla, estaba funcionando muy bien… ¿Hasta cuándo podría resistirse?

–He estado pensando en ti… bueno, en nosotros –dijo ella–. Y he intentado no hacerlo porque…

–Porque es horrible despertarse en mitad de la noche con el cuerpo dolorido y no encontrar a tu lado a la única persona que podría aliviarte el dolor.

Rowena se quedó muda de asombro. Los dos habían sufrido los mismos síntomas…

–No sabía que te sintieras así –le susurró ella acariciándole la mejilla.

–No querías enterarte –respondió él agarrándola por la muñeca.

–Supongo que, si no hubieras insistido tanto en que tuviéramos una aventura, ya nos habríamos quitado esto de encima –replicó ella. No estaba preparada para asumir toda la culpa.

–Si eso te hace sentir mejor, Rowena, aférrate a esa creencia.

–Creo que lo único que me puede hacer sentir mejor es sentirte dentro de mí –declaró ella valientemente.

Quinn la miró sorprendido durante un segundo antes de soltar un gemido y abalanzarse sobre sus labios.

Rowena abrió la boca, ansiosa por recibir su lengua, y se apretó contra él.

–No tienes ni idea de cuánto he pensado en esto… –dijo él con voz áspera.

–Oh, claro que sí… –dijo ella entre gemidos y besos frenéticos–. ¡Lo sé!

Ahogó un grito de placer cuando los dedos de Quinn se hundieron en sus nalgas, y siguió gimiendo cuando subió las manos hasta sus pechos. Las caricias en los pezones hicieron que emitiera un grito de necesidad insaciable.

–¿Te gusta?

A ella se le cerraron los ojos por el placer tan intenso, pero se forzó a abrirlos para contemplar el atractivo de Quinn.

–Sí, me gusta –dijo con un hilo de voz–. ¡Mucho!

Saboreó la visión de un cuerpo tan perfecto. No había ni un gramo de grasa en aquellos músculos endurecidos, y los calzoncillos que llevaba no eran lo bastante grandes como para contener tamaña erección.

Empezó a pasarle las manos por el pecho y por los marcados abdominales, hasta que él le sujetó las manos y se las puso sobre la cabeza.

–¡No puedo tocarte! –protestó ella.

–No, pero yo a ti sí –respondió él con una sonrisa sensual e insolente–. Te gusta, ¿verdad? –los ojos le brillaban con llamas de pasión.

–Sí –ella se pasó la lengua por los labios secos y tiró sin querer el edredón al suelo.

–Tranquila. Te mantendré caliente –le aseguró él.

–Por favor.

Quinn la miró a los ojos, y lo que vio lo dejó sin respiración.

Rowena estaba temblando, pero no de frío. Gemía una y otra vez al contacto de sus caricias y besos. Apenas podía respirar, y aunque cerró los ojos, era como si la habitación estuviera dando vueltas.

Él la colocó bajo su cuerpo y se tumbó sobre ella. La fuerza de su masculinidad hizo que aumentara su excitación y la pasión de sus gritos salvajes.

–¡No te pares! –le suplicó en un agónico susurro cuando él detuvo la mano al borde de sus braguitas empapadas–. ¡Por favor!

–Creo que estarías mejor sin esto… –deslizó un dedo por debajo de la tela.

–Sí… ¡Sí!

Él se las quitó con rapidez y brusquedad, y le separó las piernas. Se quedó unos segundos contemplando el palpitante centro erótico de aquel cuerpo que clamaba por ser tomado. ¡Era suya!

–¡Ahora, Quinn, por favor! –gritó separando aún más las piernas. Fue la última provocación que Quinn necesitaba, y no se resistió…

En el fulminante momento de penetrarla, Rowena le clavó los dedos en la espalda y le rodeó la cintura con las piernas. Los dos se movieron al mismo ritmo, los dos con la piel cubierta de sudor… No había dos cuerpos individuales. Se fundieron en una unión de promesa y deleite que superó todas las distancias y emociones enfrentadas.

Ni siquiera la explosión del orgasmo los alcanzó por separado. Rowena sintió la creciente oleada de placer que barría cada una de sus células, y cuando estalló en su interior el fuego de la liberación oyó que Quinn gritaba su nombre al llenarla con su esencia masculina.

Y los dos se quedaron abrazados, recuperando poco a poco el ritmo normal de la respiración. Quinn se habría apartado, pero Rowena, ya medio dormida, lo siguió sujetando con fuerza.

Capítulo 6

ROWENA se despertó y lo primero que vio fue un dosel de seda azul. Al sentarse se dio cuenta de que estaba en una gran cama de columnas de roble tallado.

Le costó un rato acordarse de los acontecimientos que la habían llevado a esa cama. Se echó hacia atrás su alborotada melena rubia y dejó escapar un gemido.

Quinn tenía que haberla subido por las escaleras cuando se quedó dormida después de… Una ola de calor le recorrió el cuerpo, y se esforzó por recordar lo que había precedido al sueño. No fue fácil, ya que aún no tenía el control de sus pensamientos.

«¡Abuela!». Un grito de alarma explotó en su mente. Mientras ella hacía el amor con Quinn, su abuela se debatía entre la vida y la muerte. ¿Cómo había podido ser tan egoísta? Sintió que el remordimiento le revolvía el estómago. ¿Cuánto tiempo habría dormido? No había ningún reloj a la vista, y con las cortinas echadas, era imposible saber si era de noche o de día.

Se levantó y agarró un bordado que había sobre un pequeño sofá. Se lo puso a modo de falda y se acercó a la ventana para descorrer las cortinas. Vio aliviada que era de día, pero enseguida se preocupó al ver que seguía nevando.

–Me había parecido oírte –dijo una voz a sus espaldas.

Rowena se dio la vuelta y vio a Quinn con una bandeja. Iba vestido con unos pantalones oscuros de cuero y un grueso jersey. Obviamente había tomado «prestadas» esas ropas, y era evidente que el dueño de la casa era un hombre de gran tamaño, a juzgar por lo bien que le quedaba su ropa a Quinn.

–Tienes mejor aspecto –le dijo él–. ¿Has dormido bien?

Rowena asintió con incomodidad. Ojalá no siguiera haciéndole preguntas así…

–Muy bien. ¿Qué hora es? –preguntó ella mientras se subía el bordado hasta el pecho.

–La hora del té –dejó la bandeja sobre la cama–. ¿Vas a ser madre? –le preguntó con una mueca–. Lo siento, no…

–Por amor de Dios, estoy embarazada, solo eso –espetó ella, molesta por sus consideraciones–. No estoy hecha de porcelana.

–De acuerdo, en ese caso nada de trato especial… –prometió él con voz profunda.

–¿Cuánto tiempo he dormido? –preguntó mientras trataba de notar algún signo de burla en su expresión solemne.

–No lo sé. Lo habría apuntado de haber sabido que era tan importante para ti –dijo él paro-

diando el tono crispado de Rowena–. Por si te
sirve de algo, son las cuatro y media.

–Las cuatro y media… Pero eso es…

–La mitad entre las cuatro y las cinco.

–¡Ya ha pasado más de la mitad del día! –se
apartó nerviosa el pelo de la cara–. ¿Por qué me
has dejado dormir tanto? ¡No debería estar aquí!
–se mordió el labio y pasó la vista por la habitación–. Tendría que estar haciendo…

–¿El qué? –le preguntó él arqueando una
ceja.

–¡Lo que fuera! –respondió con un suspiro
impotente.

A Quinn le resultaba muy difícil relacionar a
la mujercita frágil y solitaria que tenía delante
con la implacable editora que conseguía sacarlo
de sus casillas.

Siempre había sido que Rowena tenía un
lado vulnerable. Lo que nunca imaginó era lo
fuerte que sería su instinto de protegerla cuando
ese lado se revelase. Y no era por culpa de su
embarazo. Era por el simple hecho de que la
amaba.

Dio un paso hacia ella con el brazo extendi-
do. Rowena sabía que el contacto con él le haría
perder la razón, por lo que se echó hacia atrás y
se chocó con el alféizar de la ventana.

–Sé que estás preocupada por tu abuela y que
preferirías correr campo a través para llegar hasta ellos antes que esperar aquí conmigo. Pero
tienes que convencerte de que tu presencia en el
hospital no es imprescindible para su recupera-

ción. La atienden buenos profesionales, y si se despierta, se verá rodeada por gente que la quiere.

−¿Si se despierta? −repitió Rowena frunciendo el ceño.

−Es solo una manera de hablar −dijo él con un suspiro.

−Está inconsciente, ¿verdad? ¿Por qué nadie me lo dijo? −la voz se le quebró por el dolor.

−Ya estaba en coma cuando hablé con Niall, antes de que tomáramos el avión −reconoció Quinn con mucha calma−. Me pidió que te lo dijera, y tenía intención de hacerlo, pero estabas tan preocupada, que preferí esperar al momento oportuno.

−¿Y cuándo se supone que iba a llegar ese momento? −le preguntó furiosa.

−No creí que te conviniera saberlo. En mi opinión, estabas tan alterada que…

¡En su opinión! Rowena tragó saliva, indignada por semejante arrogancia. Para ella la preocupación de un hombre no era más que una muestra del poder masculino.

−Y, según parece, tu opinión es la única que cuenta −interrumpió ella−. Seguro que lo próximo que quieres es que te dé las gracias.

−No lo he hecho para recibir tu agradecimiento, Rowena.

−No, lo has hecho porque soy una patética cría que necesita protección −espetó ella−. ¿Te sentiste poderoso al llevarme a cuestas? ¿Y al negarme la verdad?

–Pensaba decírtelo cuando fuera el momento –murmuró él.

–¿Otra vez? ¿Y cuándo iba a ser ese momento?

–¿Quieres toda la verdad, Rowena? –avanzó amenazadoramente y ella no tuvo espacio para retroceder–. Muy bien, pues seamos sinceros. Podríamos empezar por reconocer que si estás tan interesada en ver a tu abuela es por aliviar el sentimiento de culpa. Dime, ¿cuántas invitaciones has rechazado en los últimos doce meses? –el rostro de Rowena perdió el color por completo–. Reconoce que estás carcomida por el remordimiento, por todas las veces que has antepuesto tu trabajo a tu familia.

Seguro que la veía como a una bruja, pensó ella. Quinn podía ser muy compasivo, pero también muy duro.

–Ya has expuesto tu opinión, Quinn –murmuró tristemente.

Quinn se sentía fatal, y lamentó haber llegado a tal extremo de franqueza.

–He hablado sin pensar. Yo...

–No, tienes razón. Soy egoísta y testaruda –él negó con la cabeza, pero ella siguió–: Y también muy propensa a sentir lástima por mí misma –añadió con una risa forzada.

–Cuando te centras en algo, es fácil perder la perspectiva global –dijo él poniéndole una mano en el hombro–. Ni yo sabría decir cuántas novias me han acusado de haber antepuesto mi trabajo a ellas.

Rowena se preguntó si el recordatorio de su pasado amoroso tenía el objetivo de alegrarla. Si se trataba de eso, el error era garrafal, porque apenas podía controlar las náuseas que le produjo la mención de sus ex novias.

–En el caso de tu abuela, la pérdida de consciencia es normal, y no impide que pueda recuperarse –dijo él sujetándole la barbilla con una mano–. No quiero infundar falsas esperanzas, Rowena, pero no hay necesidad de asumir lo peor. De hecho, deberíamos dar gracias al cielo. Podría haber sido mucho peor.

–¿Cómo podría haber sido peor? –le preguntó mirándolo con incredulidad.

Él la agarró por el hombro y la puso de cara a la ventana.

–Podríamos estar ahí fuera –ella se estremeció y se apoyó de espaldas contra su pecho–. Por eso estamos en la mejor situación posible. No es perfecto, pero...

–¡No lo digas! –a pesar de todo, la actitud optimista de Quinn era de agradecer.

–Para mi gusto, la decoración aquí arriba es un poco... –pasó la vista por el recargado mobiliario de la habitación– gótica. Pero te complacerá saber que la cocina tiene un calentador de leña... Y tú sabes lo que eso significa.

–¿Lo sé?

–Un baño, y en una bañera en la que cabría una tropa... Ve a echar un vistazo. Pero antes prueba el té que he preparado. Solo había leche en polvo, pero se puede beber.

A Rowena le apetecía tanto, que se sentó en la cama, con cuidado de no volcar la bandeja, y tomó una taza sin decir nada.

–¿Tienes hambre? –le preguntó él, complacido al verla saborear el té con una expresión manifiesta de goce–. Como no hay electricidad, los productos que hay en el congelador se están descongelando, así tendríamos que hacer buen uso de las provisiones antes de que se estropeen.

Rowena tenía demasiada hambre para discutir su particular punto de vista sobre los bienes ajenos.

–Y luego queda el problema de la ropa. No es que tenga inconveniente con lo que llevas puesto ahora... –le dedicó una sensual sonrisa que le aceleró el corazón.

–Ya veo que tú no tienes ese problema –replicó ella mirándolo de arriba abajo.

–No está tan mal, ¿verdad? –se arremangó las mangas del jersey, dejando al descubierto la bronceada piel de sus antebrazos.

–Y luego se nos llama vanidosas a las mujeres... –dijo, y apartó los ojos de sus brazos–. ¿Has visto algo para mí?

–No, me temo que aquí no vive ninguna mujer. En el armario solo hay ropa de hombre. Bueno, también hay algunas prendas sueltas de diversas tallas... Ya me entiendes.

–No, no te entiendo –respondió ella sorprendida.

Quinn la miró divertido al darse cuenta de que hablaba en serio. Para ser una mujer que escribía mordaces artículos sobre la infidelidad masculina, Rowena era muy inocente.

–Parece que nuestro ausente anfitrión no es partidario de la monogamia.

Rowena se sintió extrañamente avergonzada. Tal vez se debiera a su embarazo...

–Un hombre, al fin y al cabo –comentó ella en tono despreocupado.

La sonrisa de Quinn le iluminó el rostro.

–Bueno, he encontrado un bonito conjunto de ropa interior de talla cincuenta y dos... Por si te sirve de algo.

–¡Lo único que puedo hacer con un sujetador de la talla cincuenta y dos es utilizarlo para llevar toda mi colada!

Quinn soltó una sonora carcajada e incluso se le saltaron las lágrimas.

–No es muy delicado por tu parte burlarte de los defectos físicos –le dijo ella secamente.

–No tienes defectos físicos –replicó él–. Bueno, busca algo que te sirva mientras yo preparo algo de comer.

Cuando se quedó sola, Rowena dejó escapar el aire que había estado conteniendo y se puso a registrar los cajones. No hacía más que darle vueltas a lo mismo: acostarse con un hombre no significaba el comienzo de una relación estable... No podía arriesgarse a enamorarse de él, aunque fuera imposible negar la electricidad que fluía entre ambos. Era una cosa genética; todas las mujeres de su familia hacían cosas raras cuando se enamoraban.

Tal vez debería decírselo... y rezar para que él no creyese que se había vuelto loca.

–Huele muy bien –dijo cuando entró en la cocina un rato después.

–Arroz y champiñones salteados con cebolla. ¿Puedes pasarme el azafrán? –le pidió él sin apartar la vista de la sartén.

Rowena, quien se había preocupado mucho por su aspecto antes de bajar, sintió un arrebato de despecho.

Le pasó el frasco de azafrán y sin querer le rozó el antebrazo.

–Lo siento.

Él volvió la cabeza, pero al agarrar el frasco se quedó mirando la manga semejante a la suya. Levantó la mirada y observó que el jersey de Rowena era prácticamente idéntico al suyo. la miró a los ojos; su expresión era medio asustada medio desafiante y un ligero rubor teñía su delicado rostro.

Por su parte, Rowena se fijó en su boca y casi se quedó sin respiración,

De repente, Quinn volvió su atención a la sartén, y Rowena no supo si aquella intensa mirada había sido producto de su imaginación.

–¿Puedes pasarme un par de platos? –le señaló la estantería detrás de ella.

Ella obedeció, sin darse cuenta de que, al erguirse para sacar los platos, el jersey se le levantó indecentemente. Pero Quinn sí lo vio...

–¿Qué pasa? –le preguntó él al ver su expresión distante.

Rowena dejó los platos sobre el mostrador y cruzó los brazos sobre el pecho.

–¿Por dónde empiezo? En primer lugar no hay «nosotros»...

–Es estupendo volver a ver un poco de calor en esas mejillas –dijo él con una sonrisa–. ¿Y lo segundo? Porque supongo que habrá algo más.

–Lo segundo es que no he cambiado de idea. Sigo pensando que es imposible ser una buena esposa y madre y a la vez estar dedicada al trabajo.

–Entonces... –la expresión de Quinn se endureció–. ¿No vas a tener al bebé?

–Claro que voy a tenerlo –respondió ella con impaciencia. Vio que Quinn se relajaba un poco, e intentó no suavizar su determinación.

No podía decirle a Quinn que estaba asustada, pero podía hacerle ver que estaba insultando su inteligencia.

–¿Pero...? –preguntó él cínicamente.

–Pero intento ser realista. El día no tiene suficientes horas para que yo pueda realizar mi trabajo tan bien como me gustaría.

–Siempre puedes mudarte a la oficina, o incluso dejar de dormir.

–¡Puedo hacer lo que sea si dejas de interrumpirme con tus burlas!

–Mis labios están sellados –respondió fingiendo un tono humilde.

Rowena no quería pensar en nada relacionado con sus sensuales labios...

–Y si ahora apenas tengo tiempo… ¿Qué pasará cuando nazca el bebé?

–Quieres una palmada en la espalda por tu noble sacrificio… Estupendo, pero si eres realista, Rowena, tendrías que recordar que los hijos no solo exigen sacrificios: También pueden dar…

–Lo sé –dijo ella fríamente. No podía evitar el resentimiento hacia Quinn. Lo único que él tenía que hacer era comprarse una cartera nueva donde guardar las fotos de su hijo, y llevarlo al parque algún que otro fin de semana–. Tener al bebé no ha sido una decisión sentimental –el sentimentalismo hubiera significado superficialidad, y Rowena había sentido algo mucho más profundo cuando decidió tenerlo.

–No, ya veo que el sentimentalismo no va bien con tu imagen.

–¿De qué imagen estás hablando? –gritó ella furiosa.

–¿Qué te parece la de una dama con el corazón de hielo? –preguntó él duramente–. ¡Venga ya, Rowena! Todo el mundo piensa que por la noche recargas tus baterías en vez de dormir. No digo que esa imagen te suponga un problema en el trabajo… El problema surge cuando te llevas esa imagen a casa. ¡A casa! ¿Recuerdas lo que es eso? Es el lugar donde puedes relajarte, donde invitas a tus amigos a cenar…

Quinn se lamentó en silencio de que, incluso en medio de una acalorada discusión, su cuerpo reaccionara a la insinuación de aquellas curvas tan sensuales. ¡Y encima era una reacción bastante difícil de esconder!

Pero no tenía que preocuparse por ocultarla, porque Rowena no apartaba los ojos de su cara.

De modo que, según Quinn, los amigos eran necesarios, pensó ella. A lo largo de los años, su círculo de amistades no había parado de menguar.

Al menos ya sabía lo que Quinn buscaba en ella… Solo su cuerpo y sexo.

No era la primera vez que un hombre la deseaba solo por eso, y no era la primera vez que aquella certeza la hería en lo más profundo de su corazón.

—Supongo que soy la clase de persona con la que menos te gustaría estar atrapado por una tormenta. Mala suerte, Quinn, pero así son las cosas… —al menos no se veía en el aprieto de tener que profundizar en el análisis de su relación–. Pero tienes que saber que, si pienso tener al bebé, es porque he descubierto que estoy genéticamente programada para proteger una vida… Sí también para mí ha sido un shock –añadió al imaginarse que Quinn se reprimía las ganas de reír. Realmente había sido más que un simple shock para ella. Siempre había sido una mujer que había luchado contra la programación genética, y había sido muy duro aceptarlo al fin.

—No estoy horrorizado, Rowena –respondió él con voz amable–. Estoy seguro de que serás una madre maravillosa.

—Me alegra que uno de los dos esté seguro de

eso –parpadeó con fuerza para evitar las lágrimas que empezaban a afluirle a los ojos y se fijó
en el plato de champiñones. Las dudas la asalta-
ron de golpe, y pensó que un bebé merecía una
madre mejor que ella.

–Es la primera vez que te quedas embarazada, al menos que yo sepa.

–No, nunca lo he estado –dijo ella con voz de
hielo–. Y tú, ¿has tenido que lidiar antes con un
embarazo?

–No, no tengo esa experiencia, pero espero
que los dos podamos arreglarlo –dijo él sonriendo.

¡Otra vez se refería a los dos en plural! ¡Y
encima parecía contento ante la perspectiva que
se les presentaba!

–¿Tienes algún problema de memoria,
Quinn? Te acabo de decir que no hay «nosotros». No vamos a vivir ninguna bonita escena
hogareña. Puede que esté embarazada, pero no
estoy pidiendo un marido.

–No recuerdo haberte pedido matrimonio.

–Estupendo, eso me evita el bochorno de tener que rechazarte –dijo ella llevándose a la
boca un tenedor con arroz. De repente, se sentía
sola y desamparada.

–Como siempre, preocupándote por mis sentimientos.

–Siento hacerte daño, Quinn –dijo, convencida de su sarcasmo–. Pero ya te expliqué mis
condiciones en Nueva York.

–¡Condiciones! –exclamó él lleno de furia–.

Por Dios, esto no es una reunión de negocios. ¡Se trata de una relación amorosa!

–Nunca tendría una relación amorosa con un hombre que me grita –se apartó cuando él alargó una mano hacia ella.

–Creo que tengo razones de sobra para gritar. ¿Por qué no me dijiste lo del bebé?

Rowena miró aquel rostro irresistiblemente atractivo, y no tuvo más remedio que reconocer la temida verdad: estaba enamorada de Quinn Tyler, y no importaba cuántas veces cambiara de número o cuánta distancia pusiera entre ellos.

Aquella revelación la dejó aturdida. Siempre había creído que el enamoramiento podía evitarse si se tomaban las debidas precauciones. Pero su teoría había fallado estrepitosamente y no le dejaba lugar donde ocultarse.

Pensó en los drásticos cambios que el amor producía en las mujeres. Pensó en cómo su abuelo hizo que su abuela abandonase su brillante carrera; pensó en cómo su madre había preferido ser profesora de teatro en vez de tener un glorioso futuro como actriz; pensó en su hermana Holly, cómo iba a cometer el mayor error de su vida al casarse con Niall, un hombre con el que no tenía nada en común.

Pero al menos habían encontrado el amor verdadero en su pareja, mientras que ella se había enamorado de uno que jamás en su vida había creído en el amor.

–Siéntate, Rowena, vas a sufrir una hiperventilación… ¡Rowena! –la agarró por los hombros, pero ella se soltó y le lanzó una mirada hostil.

—Estoy bien —poco a poco su respiración se calmó—. No estaba preparada para decírtelo. No siquiera sabía cuáles eran mis intenciones.

—¿Y ahora lo sabes?

—Dejaré mi trabajo, desde luego —intentó aparentar que lo había meditado mucho, pero no podía ni mantener un minuto el mismo pensamiento—. Puede que me dedique a escribir como autónoma. Tengo muy buenos contactos.

—¿Dejar el trabajo? ¿Te has vuelto loca?

Su reacción sobresaltó a Rowena, a quien solo el orgullo le impedía reconocer que no tenía ni idea de cuáles eran sus planes.

—Oh, ya entiendo, esto es un asunto de principios —dijo él con voz cansina.

A Rowena le molestó que Quinn no valorara su sacrificio. De hecho, parecía todo lo contrario.

—De principios y de ser práctico. Pero, sí, sería hipócrita hacer cualquier otra cosa.

¿Por qué no podía decir simplemente que había sido él quien le había arruinado la vida?, pensó Quinn.

—Y claro, tú nunca has sido hipócrita… ¡Dios mío! —exclamó él. Todo hombre tenía un límite para escuchar tonterías—. ¿Sabes que a veces te comportas como la mujer más presuntuosa que he conocido? Estás obsesionada con tu imagen. ¿Alguna vez te has parado a pensar en alguien más?

Ella se estremeció ante la furiosa e inespera-
da ofensa que le lanzó. De repente vio la imagen
de su abuela, frágil y apagada...

–¡Eso no es cierto! –intentó gritar pero solo
le salió un hilo de voz.

La sonrisa de Quinn fue tan irónica, que sus
maravillosos ojos se volvieron fríos y despiadados.

–¿No? No recuerdo que me hayas preguntado cómo me siento por la posibilidad de ser padre –al ver su expresión dolorida estuvo a punto
de relajarse de nuevo, pero la había respetado
bastante, y ya no podía contenerse más–. ¿Has
pensado en eso?

–Ya te lo dije... –balbuceó ella–. Pensaba
que primero debía saber cómo me sentía yo.

–Creía que ya lo tenías muy claro, viendo tu
intención de dejar el trabajo –se burló él–. Y no
me digas que tiene algo que ver con la imposibi-
lidad de combinar una profesión con la maternidad. No, vas a abandonar el trabajo que siempre
has querido porque...

–¿Quién ha dicho que quisiera ese trabajo?
–espetó ella, ofendida.

–Lo querías, y no te molestes en negarlo. No
hay más que ver cómo te has dedicado en cuerpo y alma a tu profesión, y cómo apartabas todo
lo que se cruzaba en tu camino.

De modo que no solo la veía como una obsesionada por su trabajo, sino que además la acu-
saba de despotismo...

–Siento que mis métodos hieran tu extrema
sensibilidad –le dijo ella en tono desafiante.

Quinn hizo una mueca y se preguntó si podría acabar con aquel despropósito.

–Rowena… –intentó ponerle la mano en el hombro pero ella se echó hacia atrás.

–Supongo que debo agradecerte que no me acuses de dormirme en mi escalada a la cima.

–No puedes ni permitirte un hueco en tu agenda para algo tan frívolo como una vida amorosa.

Ella no se molestó en negarlo, en parte porque era cierto.

–Sí, seguramente pensarías mejor de mí si me acostara con los hombres sin ningún reparo, como haces tú con las mujeres… ¡Oh, no! Entonces sería una fulana, ¿verdad? Y no me digas que estamos en el siglo XXI. Los hombres penséis todos lo mismo.

–¿Cuántos amantes has tenido? –le preguntó él con toda la tranquilidad que pudo.

La pregunta la desconcertó tanto como el brillo de sus ojos entrecerrados.

–Yo… ¿Qué? ¡Eso no es asunto tuyo! –el color se le subió a las mejillas y se puso completamente rígida.

–¿Cinco, veinte…? –arqueó una ceja–. ¿Más… o menos?

–¿Por qué quieres saberlo? Aparte de por curiosidad morbosa.

–Bueno, no tomas la píldora ni llevas preservativos…

–¿Y eso me convierte en una virgen?

–No, pero tampoco en la persona más cualificada para escribir esos artículos tuyos.

–¿Acaso los has leído? –le preguntó sarcásticamente.

–He leído demasiados de esos mismos temas.

–Demuéstralo –lo desafió, segura de que Quinn no había leído ni una sola palabra de las que ella había escrito.

–Vamos a ver… «Los hombres lo llevan haciendo durante siglos; ahora nos toca a nosotras» –la sonrisa de Rowena se borró de inmediato–. «Flirtea cuanto quieras, pero no te quedes pillada». ¿Te suenan estos títulos?

–¡Lo estás sacando de contexto! –lo acusó ella–. Yo nunca he defendido el sexo libre. Más bien me dedico a escribir que muchas de nosotras preferimos un buen libro y una tableta de chocolate a ser adictas al sexo.

–Eso dependerá de quién sea el amante –replicó él con una de sus sonrisas letales.

Rowena se quedó tan perpleja por la ola de deseo sexual que la inundó, que por varios segundos no le salieron las palabras.

–¿He de suponer que si el amante fuera Quinn Tyler ninguna mujer querría levantarse de la cama en dos días? –consiguió preguntar finalmente.

–Odio ser presumido, pero es algo que ha pasado más de una vez –dijo con orgullo.

–Y además… –tragó saliva e intentó aguantarle la mirada–, también he preparado un artículo sobre los matrimonios célibes.

–¿Matrimonios célibes? –repitió él con incredulidad.

–No es nada nuevo. Muchas parejas viven felizmente sin sexo. La cuestión es, ¿por qué un matrimonio sin sexo tiene que ser igual a un matrimonio sin amor? Claro que tú no puedes entender el alivio que sienten las personas cuando superan toda la…

–¿Pasión?

–La pasión raramente sobrevive al primer año.

–Eso es más de lo que has durado con tus novios, según he oído.

–El amor platónico es mucho más poderoso –replicó ella entre dientes–. Y mucha gente prefiere sentimientos más puros, como el afecto y el respeto mutuo.

Se negaba a que el escepticismo de Quinn la influyera, pero hasta ella podía reconocer la ironía en sus actos. Una editora clamando las virtudes del celibato mientras la cabeza se le llenaba de tormentosas imágenes sexuales.

–¿Qué te impide tener respeto mutuo y pasión al mismo tiempo?

–Los hombres –se apresuró a responder–. Sois incapaces de hacer dos cosas a la vez, y lo mismo pasa con vuestros sentimientos. Respetáis a vuestras madres, queréis a vuestros hijos y os volvéis locos por vuestra secretaria.

–Mi secretaria se llama Vincent, y no creo que le gustase saber que me he vuelto loco por él.

–Sabes a lo que me refiero.

–Por supuesto que sí –dijo él asintiendo–.

Los hombres somos unos superficiales locos por el sexo. Bueno, es muy interesante hablar de la vida sexual de otras personas, o en este caso, la carencia de vida sexual... pero nos hemos apartado del tema –bajó la mirada hasta su boca, y se imaginó pasando la lengua por su labio superior–. Eres una mujer muy precavida. Seguro que siempre cierras con llave y que nunca sales de casa sin pañuelos u otros objetos femeninos esenciales –aunque entre ellos no se contasen los preservativos, esenciales para casi todas las mujeres que él conocía.

–¿Es eso una comparación? Porque si es así...

–No es ninguna comparación –dijo él alzando la mano en gesto de inocencia–. Solo digo que eres muy prudente, y que eso no es muy normal.

–Tampoco lo fue para mí acostarme contigo.

–Antes quizá, pero me alegra que ahora sea un acontecimiento frecuente.

–Espero que no estés insinuando que fue culpa mía quedarme embarazada. ¿Es ahí adónde quieres llegar? Porque en ese caso...

–La culpa es tanto tuya como mía. El único inocente aquí es el bebé –bajó la mirada hasta su vientre–. De nada sirve culpar a nadie... ¡Dios! –soltó un gemido y se contradijo a sí mismo–. No tengo excusa. Nunca se me había roto un preservativo...

–¿Se te rompió el preservativo? –Rowena se puso pálida–. De modo que... –eso solucionaba un misterio, pero provocaba otro–. ¿Y tú lo sabías? ¿Por qué no me dijiste nada?

–Lo hice, pero tú dijiste que no importaba –le recordó él–. Dijiste que nada importaba, salvo…

–Sí, bueno, no hay por qué recordarlo –lo interrumpió ella–. Supongo que te darás cuenta de que es el colmo de la descortesía preguntarle a una mujer por su experiencia sexual –añadió con voz adusta–. Pero si lo quieres saber, te diré que he tenido suficientes amantes.

–¿Y alguna de esas numerosas relaciones duraron?

–Nunca me han interesado las relaciones estables.

–¿Cómo he podido olvidarlo? No soportaría arruinar tu carrera y que lo sacrificaras todo por tu hijo… Pero tu hijo tiene dos padres, y todo el mundo esperaría de mí que te apoyara económicamente. Algunos esperarían incluso que me casara contigo.

–Bueno, por suerte para ti, no soy una de esas personas –dijo ella con la expresión imperturbable. Incluso soltó una breve carcajada.

–Tomaré eso como una negativa. Pero aunque no quieras casarte conmigo, creo que sería mejor si me hiciera cargo del bebé. No creo que sea bueno para un hijo que su madre le esté continuamente recordando los sacrificios que tuvo que hacer por él. No –le clavó una mirada que la hizo estremecerse–, cuanto más lo pienso, más sensato me parece. De ese modo tu fulgurante carrera al éxito no se verá interrumpida, mientras que, si te mantienes en tus trece, dentro de un par de años no escribirás ni una sola palabra. Pero… serás poderosa y eso es lo que importa, ¿verdad?

Sin darle tiempo a responder agarró su plato y se levantó de la mesa, dejándola boquiabierta de asombro.

Capítulo 7

DURANTE varios segundos, Rowena fue incapaz de reaccionar. Por fin sabía lo que Quinn quería de ella... ¡Solo quería a su bebé! Y ella no era más que una incubadora andante.

Finalmente, se levantó con un grito de furia y se acercó a Quinn, que estaba apilando los platos sucios.

–¡Si quieres al bebé tendrás que pasar por encima de mi cadáver! –exclamó mientras le arrancaba de las manos el trapo con el que se estaba secando–. ¡Por amor de Dios! ¿Es que tienes que ponerte a fregar los platos ahora?

–La fuerza de la costumbre.

–¿No tienes nada más que decir?

–¿Qué quieres que diga?

–Podrías empezar pidiendo disculpas.

–Pensaba que te gustaría la idea –repuso él–. Al fin y al cabo, ves a nuestro hijo como un inconveniente.

–¿Cómo te atreves a hablarme así? –Rowena apretó los puños.

–Dime, Rowena, ¿acaso tu revista se ocupa

de diseñar trajes para recién nacidos? —le preguntó duramente.

—Eres un cerdo. Un cerdo paternalista... —espetó ella.

—Puede que lo sea, pero eso no quita que haya conocido a más madres y bebés que tú. Incluso he traído al mundo a unos cuantos —no añadió que le encantaría volver a hacerlo.

—Deja que te hable yo de la maternidad. He visto a muchas mujeres que, después de una noche de insomnio intentando que el bebé se durmiera, han acudido a una reunión de negocios sin poder mantener los ojos abiertos, y luego han estado llamando a la niñera cada diez minutos con un ataque de ansiedad. Y en cuanto a las fotos de las revistas… Por una que se imprime, se tiran cincuenta más en las que aparece el bebé llorando o vomitando —se paró para tomar aire—. ¿Y qué te hace pensar que serías mejor padre que yo? ¿Preparar una comida improvisada a base de conservas? —señaló el plato de arroz.

—Nunca he dicho que vaya a ser un buen padre… ¿Quién puede decir tal cosa? Pero quiero intentarlo con todas mis fuerzas, Rowena, y no hay nada de malo en entusiasmarse con la idea, a pesar de las dificultades que vayan a presentarse.

Rowena sacudió la cabeza y lo miró asombrada.

—¿Estás… entusiasmado por ser padre?

Él asintió firmemente y frunció el ceño.

–¿Qué esperabas?

Enfado, disgusto… incluso miedo.

–Me encantaría estar entusiasmada –reconoció ella con los ojos llenos de lágrimas.

–¿Qué te lo impide? –preguntó él suavizando su expresión.

–No puedo… –balbuceó y tragó saliva–. Estoy muy asustada… No, es peor. Estoy aterrorizada. ¿Qué pasará si no puedo hacerlo? ¿Y si me convierto en una mala madre? –se le quebró la voz entre sollozos–. Oh, sí, ya sé que todo el mundo cree que lo haré bien. Sabes por qué, ¿verdad?

Quinn negó con la cabeza, temeroso de decir algo que la silenciara.

–Nunca he intentado nada en lo que supiera de antemano que iba a ser brillante.

–Excepto conducir –dijo él.

–Excepto conducir –aceptó ella–. Puedo ser una cobarde, Quinn, pero no creas que voy a permitir que te quedes con el bebé. Lucharé con todas mis fuerzas para impedírtelo.

–¿Por qué?

–Bueno –ella parpadeó, sorprendida por la mirada y la pregunta de Quinn–, porque… porque…

Quinn la sujetó por los hombros y la zarandeó ligeramente.

–¿Por qué?

–Porque quiero a mi bebé –respondió ella.

–¿Por culpa de tu reloj biológico? ¿O porque tus hormonas son más fuertes que tu sentido común?

–¡No! –negó furiosa–. Quiero a mi bebé, y punto.

–Nuestro bebé –puntualizó él con suavidad.

Rowena asintió inconscientemente. Era cierto que quería un bebé, pero no cualquier bebé, sino el de ellos dos.

–¡Al fin! –exclamó él con un suspiro de alivio–. Te ha costado mucho.

–¿Cómo? No te entiendo –dijo ella con voz vacilante.

–Claro que sí. Quieres a este bebé, Rowena… A nuestro bebé –los ojos le brillaban de satisfacción.

–Hace un minuto querías arrebatármelo –le recordó ella–. La gente dirá que mi vida es tan vacía y carente de amor que por eso necesito tener un bebé.

¡Oh, Dios! ¿Por qué le estaría diciendo esas cosas a Quinn? Seguramente las estaba apuntando todas para consultarlo con su abogado.

–¿Has estado leyendo mucho tus propios artículos?

–¡Estoy hablando en serio!

–Lo sé. ¿En tu revista se ve a un bebé como el último complemento de moda?

Rowena estuvo a punto de explotar de indignación.

–Tu sentido del humor es bastante retorcido, ¿lo sabías?

–Sí, pero de todas las estupideces que hayamos podido decir hoy tú acabas de decir la más grande. Ahí fuera hay mucha gente que te quiere.

–Ya lo sé –reconoció ella avergonzada, pensando en su familia.

–Y si no tuvieras el instinto maternal tan desarrollado, no te habrías puesto como una salvaje para proteger a tu futuro hijo de mí.

–Yo no me he comportado como una salvaje –negó ella sin mucha convicción–. ¿Acaso has estado diciendo esas cosas para provocar una reacción en mí?

–Ojalá fuera tan perspicaz, pero no es así. Es muy duro que alguien por quien te preocupas te acuse de haber arruinado su vida…

Por un momento, Rowena pensó en preguntarle por quién se preocupaba, pero se limitó a dedicarle una sonrisa forzada.

–Bueno, menos mal. Ya es bastante malo hablar contigo para que encima puedas leerme los pensamientos –dijo ella. ¡Especialmente si lo único que tenía en la cabeza eran fantasías eróticas!

–Sin embargo, hay veces en las que creo saber lo que estás pensando, y supongo que lo mismo te pasará a ti… –dijo él sujetándole la barbilla con dos dedos–. Vamos a probar. ¿En qué estoy pensando ahora?

Rowena se quedó sin respiración. Quinn la miraba de ese modo tan intensamente especial, que la hacía derretirse por dentro…

Se humedeció los labios y se inclinó hacia él. Apenas la había tocado y ya le había hecho perder el control… Quería que la tocara, lo deseaba desesperadamente.

El corazón le latía a un ritmo frenético y la temperatura corporal le había subido hasta límites abrasadores. Estaba tan excitada, que el mínimo roce con el aire la hacía estremecerse.

—¿Y bien? —apremió él.

—No... no lo sé.

—Estoy pensando en tu pelo —respondió con voz ronca y entrelazó sus dedos con algunos mechones—. Tan bonito y sedoso... —un temblor sacudió a Rowena de arriba abajo—. Y tu piel, tan suave y firme como sábanas de satén —con un dedo le acarició la mejilla. Bajó la mirada y sus penetrantes ojos se centraron en los pechos, abultados bajo el jersey.

Cuando volvió a levantar la vista, los ojos le ardían de pasión. Rowena soltó un débil gemido de alivio cuando él le tomó la cara entre las manos y la atrajo hacia su cuerpo.

—¿Vas a besarme? —le preguntó ella, pasando la vista de sus ojos a su boca.

—Todo a su tiempo —murmuró él, y le pasó la lengua por el labio inferior.

«¡Oh, Dios mío!», Rowena sintió que las rodillas le flaqueaban y, sin poder evitarlo, se dejó caer en él. Los pezones le ardían de dolor y un intenso hormigueo le recorría el estómago y los muslos.

En esos momentos, no había lugar para la delicadeza. La necesidad de saciar el deseo se concentró entre sus piernas y la hizo restregarse contra la protuberancia de la erección masculina.

Al besarlo en los labios la respuesta de Quinn fue inmediata. Le devolvió el beso con una pasión salvaje que casi la dejó sin sentido. Parecía estar muerto de hambre, besándola y mordiéndola con insaciable apetito sexual. Aquello era más que un beso, pero no era todo lo que Rowena necesitaba. Ella quería que la poseyera por completo.

–Llévame a la cama –le susurró al oído, y lo miró con ojos ardientes.

El rostro de Quinn estaba casi pegado al suyo, y durante un breve instante, ella creyó ver que sus facciones se endurecían. Pero en cuanto la miró lo único que pudo ver fue el hechizante resplandor de sus ojos.

–Veo que puedes leerme el pensamiento –dijo él con una sonrisa, y la levantó en sus brazos.

Cuando Rowena se despertó ya había oscurecido, y las velas que había encendidas en la habitación proyectaban sombras cambiantes sobre la cama y sus dos ocupantes.

Dio un sonoro y prolongado bostezo y se estiró con gracia felina. Entonces, su rodilla chocó con algo duro y cálido, y se volvió asustada para mirar qué era. Se relajó enseguida al ver que era Quinn.

¿Quién más hubiera podido ser?, se preguntó a sí misma.

Nunca se había despertado junto a un hombre, ni había visto a ninguno dormido, y la intimidad del momento la pilló por sorpresa.

Apoyó la cabeza sobre una mano y contempló aquel cuerpo fuerte y poderoso que estaba tendido boca abajo, tapado hasta la cintura. La luz del candelabro dibujaba reflejos dorados sobre sus cabellos oscuros y su ancha espalda, haciendo que su piel pareciera tersa y suave.

Tenía la cabeza vuelta hacia un lado, apoyada en un brazo, y por el ritmo de su respiración parecía estar profundamente dormido. Realmente el sueño le daba un aspecto mucho más delicado y vulnerable, y al observarlo así Rowena se sintió casi protectora... ¿O sería posesiva?

¡Pues claro que sí! Solo la idea de que otra mujer contemplara lo mismo que ella la hacía enfermar de celos. Con ningún otro hombre se había sentido celosa, y era una sensación tan intensa que la asustaba.

Se preguntó si se despertaría con un roce. Con un dedo trazó la línea de su columna, hasta el comienzo de sus nalgas, y sonrió al recordar el sabor de esa piel. Entonces Quinn se movió ligeramente y ella retiró el brazo, pero él soltó un gruñido en sueños y la rodeó con un brazo.

Rowena ahogó un grito al sentir los dedos de Quinn apretados contra su cadera, y su cálida respiración contra su cuello. Podía apartarse si quería, pero... ¿realmente quería?

Su propio cuerpo estaba tan caliente como el de Quinn, y el corazón le dio un vuelco al recordar cómo habían acabado en la cama.

Antes de hacer el amor, Quinn había llenado el cuarto con velas encendidas.

–Es como un nido de amor –le había dicho–. Las velas son algo exclusivamente femenino, y si un hombre las enciende, es para agradar a una mujer.

Rowena lo observó encender una por una, y cómo estuvo a punto de chamuscarse los dedos.

–¿Te has quemado? Deberías meter los dedos en agua.

–Tengo una idea mejor –dijo él saltando a la cama–. ¿Por qué no me los humedeces tú? La saliva tiene propiedades curativas.

–Eso es tener recursos –dijo ella.

–Soy un hombre de muchos recursos –dijo él mientras se quitaba los pantalones.

Si Rowena se hubiera sentido más segura de sí misma, lo habría desafiado a demostrar esa aseveración, pero se contentó con creerse su respuesta.

Sin decir nada, se quitó el jersey y lo tiró al suelo.

–¡Oh, Dios mío! –murmuró Quinn.

Los ojos de Rowena brillaron de triunfo mientras él dejaba escapar todo el aire de sus pulmones.

–¿Qué mano es? –le preguntó ella tentadoramente.

–¡Al diablo con las manos! –exclamó él abalanzándose sobre ella.

Lo que pasó después Rowena lo llevaría siempre en el corazón. Quinn la hizo experimentar el placer más increíble que se pudiera sentir, y cuando la llevó al orgasmo le demostró que aquello no solo era una sensación física. La fuerza de la pasión había traspasado su alma... más aún, le había recordado que tenía alma.

Y cuando, pasada la explosión del clímax, se refugió en sus brazos, empezó a llorar.

—¿Por qué lloras? —le preguntó él en esos momentos.

Rowena dio un respingo y se apresuró a cubrirse con la manta.

—No sabía que estuvieras despierto —ni tampoco sabía que estaba llorando. Se palpó las mejillas y notó la humedad.

—No del todo —respondió él. Se dio la vuelta y apoyó la cabeza sobre un antebrazo—. ¿Vas a decirme por qué lloras?

—No estaba llorando —se encogió de hombros mientras se secaba las lágrimas—. Solo pensaba en... —se calló, incapaz de decirle lo que había supuesto para ella hacer el amor con él.

—¿En algo que te hace llorar? —había un ligero tono de sospecha en su voz.

—¿Qué puedo decir? —preguntó ella frotando la nariz contra la sábana—. No soy más que un montón de hormonas alteradas —pretendía hacer gracia con el comentario, pero Quinn la miraba con expresión adusta y pensativa.

—Sí, supongo que lo eres —de repente se giró sobre un costado y apoyó los brazos a ambos lados de ella. No había lujuria en su sonrisa, pero el tacto de su piel bastaba para que el corazón de Rowena se desbocara.

Tragó saliva con dificultad. Era tan condenadamente guapo que no podía apartar los ojos de él.

Quinn pasó la vista por el esbelto cuerpo que tenía debajo y frunció el ceño.

—Espero que tu ginecólogo te haya dicho que todo va bien.

—Estoy embarazada, no enferma, Quinn.

—En otras palabras, todavía no has visto a un médico —soltó un suspiro y negó con la cabeza—. Eso no es propio de ti, Parrish.

—Bueno, te he visto a ti... Tyler —replicó ella intentando no reír—. Y me encanta todo lo que he visto —añadió con una mirada lasciva a sus músculos.

—Es muy amable por tu parte.

Ella le pasó una mano por la clavícula y le dedicó una sonrisa encantadoramente sexy.

—¿Sabes? Creo que podría ser bastante buena en esto del sexo... —le dijo con voz sensual.

—No estarás intentando distraerme, ¿verdad? —preguntó él respirando con calma.

Rowena quiso apartar la cara, arrepentida de su descarado comportamiento, pero sabía que dejar de mirar a Quinn no serviría de nada.

—No me has dicho lo que piensas de mi afirmación.

—Creo que está dentro de lo posible —repuso él—. Incluso podrías a llegar a ser brillante, con el estímulo necesario... Aunque debo admitir que hasta ahora lo haces muy bien, para ser algo tan natural.

Los dos se echaron a reír, y estuvieron riendo hasta que juntaron sus cabezas y una corriente eléctrica se encendió entre ellos.

Rowena aproximó sus labios a los suyos, como atraída por un lazo invisible.

—Vamos, Rowena, ¿has visto ya a un médico o no?

Ella no pudo reprimir un gemido de frustración, y se volvió hacia un lado de la cama.

Estaba claro que tenía que entrenarse en el papel de mujer fatal.

—No he tenido tiempo para ver a ningún médico —le dijo enfadada.

—No tienes excusa. Hace más de dos meses que estás embarazada, y siempre hay tiempo para ocuparse de las cosas importantes.

—¿Y qué cosas son esas, Quinn? ¿Ser visto en el estreno de una película acompañado de una joven actriz de grandes pechos?

—Ah, ¿la viste?

—Holly me envió la cinta de vídeo —cuando la recibió, no supo por qué su hermana habría encontrado interesante ver a Quinn durante medio minuto, paseando por un vestíbulo lleno de celebridades, y acompañado de una actriz escasamente vestida.

—Realmente, Angie no estaba tan bien dotada. Se trataba más bien de un desafortunado ángulo de la cámara y de... eh... un sujetador de relleno.

—¿Desafortunado para quién? —preguntó ella en tono despectivo.

—Solo le estaba haciendo un favor a un colega.

—Sí, y supongo que lo pasaste muy mal, ¿verdad? —dijo ella riendo sin ganas.

—Mark tenía paperas. El pobre había estado persiguiendo a Angie durante meses, y ya tenía bastante con el temor de una posible esterilidad como para encima ver cómo su chica salía con cualquiera.

—¿Y creyó que contigo estaría a salvo? ¡Ese tipo necesita que le miren la cabeza!

—Sí, bueno, pero no nos desviemos otra vez del tema. Lo primero que hagamos al volver a Londres será ir al ginecólogo. Conozco a una doctora muy eficiente y meticulosa, Alex Stone. Aunque si has pensado en alguien más...

—¿Quieres decir que puedo elegir a mi médico? —preguntó ella fingiendo un tono de impotencia—. ¿Estás seguro?

—Muy graciosa... En serio, Rowena, no podemos meter la pata con esto.

—¿Como que «podemos»?

—Sí, los dos. Quiero estar contigo en cada paso que des, Rowena, antes y después de dar a la luz. Y por eso tenemos que hablar sobre las posibles ventajas de vivir juntos.

Lo dijo en un tono tan despreocupado que Rowena creyó que lo había entendido mal.

—¿Vivir... juntos, has dicho?

—Sería mucho mejor para el bebé. Piénsatelo bien… —le sugirió en tono apremiante—. No hay prisa, y ya verás cómo tiene sentido –se levantó de la cama con una envidiable naturalidad para estar desnudo.

¡Sentido! No, ella no quería sentido sino pasión… Quería un hombre para quien lo fuera todo; quería promesas de eterna fidelidad.

Y estaba claro que Quinn no iba a darle eso. La situación era irónica; se había pasado la vida evitando complicaciones sentimentales, y se había enamorado de un hombre tan pragmático como lo había sido ella.

Pero no podía deshacerse del bebé… y tampoco podía pensar en las consecuencias de vivir juntos mientras lo veía caminar desnudo por la habitación.

Rowena se sentó cubriéndose los hombros con el edredón.

–De acuerdo.

–¿De acuerdo? –en ese momento Quinn estaba recogiendo sus pantalones del suelo.

–Con una condición –dijo ella intentando sofocar los hormigueos que le producía la visión de su cuerpo.

–Estamos hablando de vivir juntos, ¿no?

Parecía más sorprendido que de costumbre. Tal vez se debiera a la rapidez con la que ella había tomado su decisión.

–Creo que deberíamos pasar una temporada de prueba para ver si somos compatibles.

–Somos perfectamente compatibles –dijo él mirando la cama deshecha, una innegable prueba de su compatibilidad amorosa.

–Me refiero a lo que nos atañe fuera del dormitorio –espetó ella.

–Dos segundos.

–¿Dos segundos qué? –preguntó con el ceño fruncido.

–Has tardado dos segundos en ruborizarte.

–¿Lo has cronometrado?

–Creo que ha sido un récord.

–Me alegra servirte de diversión –dijo enfadada. Ella intentaba hablar de su futuro y él se dedicaba a hacer chistes estúpidos.

–Es solo una broma –dijo él con un suspiro–. Me encanta cuando te ruborizas. Te da un aspecto encantador.

–¿Encantador? –repitió ella con una mueca de disgusto–. ¿Y se supone que eso es un cumplido? Si es así, tengo que decirte que andas un poco desencaminado.

–Tal vez deberías hacer una lista con todos los cumplidos que has rechazado.

–Y tú deberías tratarme como a una igual, no como a alguien que necesite una palmadita en la cabeza.

–¿Cómo a una igual? Me temo que eso es imposible. Tu mente es un completo misterio para mí.

–¿Por qué? ¿Por cometer una estupidez y quedarme embarazada?

–¡Otra vez con lo mismo! –exclamó él–. Por amor de Dios, ¿por qué no te tranquilizas?

Rowena soltó un gemido de frustración y se cubrió la cara con la almohada.

–¿Tienes idea de lo que puedes irritarme cuando me dices cosas como esas? –le preguntó cuando volvió a asomar la cara.

–¿Cosas como qué?

–Como que me tranquilice –hundió la cara en la almohada y se quedó así unos segundos–. Bueno, cualquier ensayo es inútil, ¿verdad?

–¿Por qué? –preguntó Quinn cruzando los brazos sobre el pecho.

–¿Cómo que por qué? No tenemos nada en común. A mí me gusta ponerlo todo en orden, mientras que tú… –se forzó a mirarlo a los ojos–. En el fondo eres un cerdo, Quinn, aunque puedas parecer respetable en tu trabajo –pensó en lo arrebatador que estaba con sus trajes a medida–. Pero lo que muestras no eres tú, ¿verdad?

–¿Crees que sabes quién soy en realidad?

–Alguien a quien le gusta ir en moto y vestido con vaqueros y una camiseta manchada de grasa.

–Bueno, creo que estaría un poco ridículo si fuera en moto con traje y corbata.

–No lo entiendes…

–No, eres tú quien está diciendo cosas sin sentido. Tu problema es que inspiras demasiado respeto y temor en los hombres.

–Pero en ti no…

–No, cuando no estoy deseando estrangularte estoy pensando en cómo, cuándo y dónde voy a hacerte el amor –declaró con sobrecogedora sinceridad.

Rowena contuvo la respiración mientras un

desfile de eróticas imágenes le pasaba por la cabeza.

–Suponiendo que viviéramos juntos, y he dicho «suponiendo»… –empezó a decir con voz temblorosa.

–Desde luego.

Ella sintió alivio al comprobar que Quinn aceptaba que su decisión no fuese definitiva.

Durante toda su vida había estado tomando decisiones sensatas… Tal vez hubiera llegado el momento de hacer algo alocado, y volverse tan loca como las demás mujeres de la familia.

–Hay otra condición.

–No me pedirás que venda mi moto, ¿verdad? –le preguntó él con recelo.

–Creo que ninguno de los dos deberíamos salir con nadie más.

–¿Monogamia? –Quinn respiró profundamente y sacudió la cabeza, dudoso–. ¡Eso es pedir demasiado!

A Rowena se le cayó el alma a los pies. Estaba segura de haber visto un destello de enfado en sus ojos.

–No es negociable –dijo entre dientes.

–¡Madre mía! –el rostro de Quinn se transformó en una exagerada mueca de exasperación–. ¿Me tomas por un hombre capaz de tener a una mujer en casa y…? Oh, ya veo. Me crees capaz, ¿no es así?

–Solo quería advertirte de dónde te estabas metiendo –dijo ella apartando la mirada.

–Por lo visto me estoy metiendo en una casa

con una mujer que no confía en mi sentido de la fidelidad.

—¡Aún puedes cambiar de idea! —espetó ella.

—Oh, no, no vas a librarte de mí tan fácilmente, cariño.

—Lo dices como si fuera una amenaza —lo acusó ella, secretamente aliviada de que no le hubiera discutido su exigencia.

Era horrible sentirse atraída por el peligro que Quinn irradiaba. Tal vez se excitaba por sus amenazas porque en el fondo sabía que nunca le haría daño.

—Una amenaza o una promesa… —dijo él con una sonrisa mientras se ponía los pantalones—. Son casi la misma cosa.

—Llámalo como quieras, pero no creo que esta discusión sea un buen augurio para este… este… acuerdo.

—Las personas que llegan a un acuerdo suelen discutir, Rowena, aunque no creo que sepas mucho de eso.

—¿Qué quieres decir?

—Quiero decir que tienes la desfachatez de poner en duda mi compromiso. Si piensas un poco, recordarás que era yo quien quería establecer una relación equilibrada desde el principio… mientras que tú preferías la entera libertad.

—¿Cómo? —Rowena hizo una mueca de dolor—. ¿Y acaso habrías planteado lo de vivir juntos si no me hubiera quedado embarazada?

—Eso nunca lo sabremos. Pero la realidad

es que estás embarazada y no podemos igno-
rarlo.

Ella soltó una profunda espiración. Tenía que
asumir que estaba enamorada de un hombre que
no la quería. Pero no era una tragedia, se dijo a
sí misma. Lo importante era aprovechar lo que
tenía, y Quinn era un buen amante, sería un padre maravilloso y nunca le haría daño.

–No, no podemos. Y un bebé necesita seguridad… –y también a sus dos padres.

–¿Y qué necesitas tú, Rowena?

¡Amor!, estuvo a punto de gritar, pero en vez
de eso negó en silencio.

–Sé que ahora puede parecerte que pierdes tu
libertad, pero nunca se sabe… Puede ser que algún día creas haber ganado algo más valioso
–dijo él, y entró en el cuarto de baño, cerrando
la puerta a sus espaldas, y dejándola sumida en
las dudas.

Rowena había empezado a recoger los restos
de la comida que Quinn había preparado cuando
apareció él.

–¿Qué estás haciendo?

–Recogiendo todo esto.

–Déjalo para luego –dijo él.

–Pero… –empezó a protestar ella, pero
Quinn apagó todas las velas que estaban encendidas en la cocina.

–Si no ves dónde está el fregadero, no podrás
fregar –susurró él en la oscuridad.

–No me hace falta ver. Sé dónde están las cosas –empezó a moverse, pero él la agarró por la muñeca.

–Oye, ya sé que es muy difícil elegir entre los platos sucios o yo, así que deja de protestar y ven conmigo.

–¿Adónde? No puedo ver nada.

–Yo te serviré de guía.

–Ah, ¿es que acaso puedes ver en la oscuridad?

–Tengo una vista nocturna extraordinaria.

–Y un ego como una catedral –intentó resistirse, pero él le rodeó la cintura con un brazo–. No tengo elección, ¿verdad?

–Tranquila, ya sabemos lo mucho que te gusta dejar el control en manos de otra persona.

–¿Estás insinuando que soy una fanática del control? –le preguntó ella mientras subían las escaleras. Quinn la llevaba tan deprisa que realmente parecía ver en la oscuridad.

Él se echó a reír, pero no se detuvo. La condujo a través del dormitorio hasta el cuarto de baño.

–¿Vas a soltarme o no? –protestó ella intentando soltarse.

–Para o te harás daño.

–No, eres tú quien me hace daño…

Quinn murmuró una maldición y la soltó.

–Gracias –dijo ella con sarcasmo.

Quinn abrió de un empujón la puerta del baño, y Rowena giró inconscientemente la cabeza hacia el resplandor anaranjado.

–¡Oh, cielos! –exclamó, y creyó que estaba en un sueño.

El cuarto de baño estaba iluminado por la tenue luz de los candelabros que Quinn había dispuesto por todas partes. El destello de las velas se reflejaba en el agua caliente que llenaba la bañera… Era como entrar en un escenario de seducción.

–¿Has hecho esto por mí? –le susurró ella cuando él cerró la puerta.

–Lo he hecho por nosotros, Rowena –corrigió él–. Me gustaría que nos llevásemos buenos recuerdos.

–¡Oh, Quinn! –los ojos se le llenaron de lágrimas–. Tengo más buenos recuerdos de los que creía posibles –confesó con pasión.

–¿Queda espacio para alguno más en tu mente?

–Claro que sí –respondió ella, y empezó a desabrocharle los vaqueros sin apartar la vista de sus ojos.

Capítulo 8

QUINN oyó unos ladridos que se acerca-
ban y soltó la pala con la que había estado quitando nieve durante media hora. El
perro precedía a un grupo de hombres que venía
en su ayuda, y les hizo señas con la mano antes
de arrodillarse junto al animal.

—¿Formas parte de la patrulla de rescate, chi-
co? —le preguntó mientras le acariciaba el cuello—. Eres muy listo. Mucho más que algunos di-
rectores de hospital que he conocido.

El perro detectó una nota de alabanza en la
profunda voz masculina y meneó el rabo.

Al oír el ruido de las pisadas Quinn se levantó
y se limpió la nieve de las rodillas, preparado para
recibir la merecida reprimenda del equipo de rescate por haber salido del coche en medio de una
tormenta. Al menos aquellos hombres estarían
acostumbrados a tratar con imprudentes como él.

—Vimos el humo —dijo el tipo que iba en cabeza señalando la chimenea—. Queríamos preguntarle si sabe algo del Saab plateado que hay
en la carretera. Fue alquilado a nombre de la señorita…

–Rowena Parrish –dijo Quinn antes de que el hombre lo mirara en un trozo de papel–. Estamos los dos juntos.

El jefe del grupo asintió, complacido por la forma de hablar de Quinn, breve y concisa.

–¿Ella está bien?

–Sí, está dentro, arreglando algunas cosas. Íbamos a intentar salir de aquí.

–Avisa al cuartel general, Jack –le dijo el jefe a uno de sus compañeros–. Somos del equipo local de rescate. Ralf MacNeil –extendió su mano enguantada.

Quinn la estrechó y se presentó a sí mismo.

–La maquina quitanieves aún no ha llegado hasta aquí, pero podemos llevarlos al motel más cercano. Ahí es donde están los demás conductores que se quedaron atascados.

–Aquellos que no salieron de sus coches –puntualizó Quinn.

–No era la mejor idea…

–¿A qué distancia está el coche? –le preguntó Quinn, complacido por la cortesía del hombre–. Perdimos el sentido de la orientación.

–A unos quinientos metros de aquí –respondió uno de los jóvenes.

Quinn se echó a reír y sacudió la cabeza.

–Seguramente no nos alejamos mucho más. Estuvimos caminando en círculos –no le gustaba perder el tiempo en lamentaciones inútiles, por lo que pudo tomárselo a bien.

–La nieve puede ser muy peligrosa.

–Hay otras cosas más peligrosas –dijo él, pensando en la furiosa mujer que esperaba dentro. Los demás lo miraron sin comprenderlo, pero Quinn no les aclaró el comentario–. Vamos, hay que comunicarle a Rowena las buenas noticias.

Rowena, que había intentado devolver a la casa su aspecto original, recibió las noticias con una mezcla de emociones que no quiso desvelar.

No era que no quisiese marcharse… Estaba ansiosa por llegar al hospital, pero no pudo evitar un poco de pena al mirar por última vez el refugio. En medio de un bosque, apartada de todo y de casi todos, había llegado a sentirse libre.

–Es mejor mirar a otra parte –le dijo Quinn–. Yo también voy a echar de menos esta casa.

–Sin electricidad, sin teléfono y sin apenas comodidades… Siempre pensé que eras muy raro, Quinn –respondió ella.

–Estaba pensando en la compañía –susurró él acercándose a sus labios–. Puedes ser muy difícil, pero no me gustaría quedarme atrapado con nadie más.

Rowena se sintió repentinamente tímida ante su mirada.

–¿Has dejado nuestros números en la nota? –le preguntó torpemente, para cambiar de tema.

–Ya te lo he dicho. He dejado nuestro teléfono, dirección, e–mail y fax. Si me hubieras dejado mirar en el escritorio, habríamos sabido con quién contactar.

–El escritorio estaba cerrado con llave –le recordó ella–. Además, bajo ninguna circunstancia se pueden registrar los papeles personales. Todo lo que tenemos que hacer es pedirle a la policía que se ponga en contacto con el propietario.

–Como quieras… –aceptó él encogiéndose de hombros.

Rowena lo miró irritada y avanzó hacia el hombre que parecía ser el jefe de la patrulla.

–Disculpe –le dio un golpecito en el hombro–. ¿Cree usted que podremos llegar hoy a Inverness?

–Lo dudo –respondió bruscamente sin mirarla a los ojos. Estaba claro que las montañas le eran más familiares que las mujeres–. ¿Es importante?

–Mi abuela está ingresada en un hospital de allí.

–Ah… bueno, quizá pueda regresar a Glasgow –dijo suavizando su expresión–. Y desde allí tomar un avión a Inverness.

–¿Han vuelto a abrir el aeropuerto?

–Eso creo.

–Gracias, en ese caso haré lo que usted dice –le dijo con una sonrisa, pero se mantuvo callada cuando Quinn la alcanzó. Sería divertido demostrarle que podía arreglárselas sola.

Por su parte, aquella noche Ralf MacNeil le contó al camarero del Nag's Head que la sonrisa de la mujer rescatada fue tan resplandeciente como el sol del mediodía.

Rowena se desabrochó el cinturón de seguridad al final del aburrido viaje. A lo largo del tra-

yecto, se giró varias veces para hacerle algún
comentario trivial a Quinn, y cada vez se quedó
sorprendida de no encontrarlo a su lado.

¿Por qué sentía aquel horrible vacío ante la
soledad, si siempre había estado sola? ¿Y por
qué se sentía culpable, como si tuviera que pedirle permiso a Quinn antes de tomar una decisión?

Quinn no lo creería, pero ella no tuvo intención de darle esquinazo. Si no hubiera desapare-
cido y hubiera estado presente cuando el tipo
del motel le ofreció a Rowena un asiento en su
minibús para ir a Glasgow, le habría dicho a ella
que lo aceptase. Después de todo, para eso estaba en Escocia.

¿Qué habría pensado cuando el camarero le
entregó la nota que ella le había escrito? El camarero le prometió que lo haría, y Rowena deseó que Quinn hubiera escuchado su descrip-
ción:

–Se refiere a ese hombre alto y moreno al
que no dejaba en paz esa morena...

Quinn había dicho que esa morena solo estaba «siendo amistosa».

–¡Tan amistosa que a punto estuvo de darte la
llave de su habitación! –le había respondido
ella.

Poco después, Quinn desapareció sin decir
nada. Si Rowena hubiera sido tan celosa como
él insinuaba, habría pensado que iba a continuar
su «conversación» con la morena.

–Se lo diría yo misma –le explicó al camarero–, pero no sé dónde se ha metido, y el autobús está a punto de salir.

–No se preocupe. Se la daré en cuanto lo vea –le aseguró el hombre.

El viaje habría sido tranquilo de no ser por el grupo de sexagenarios, todos miembros de un club de bolos, que no pararon de cantar desde que salieron del motel. Y Rowena se vio obligada a unirse a ellos para que no la tacharan de fría y distante,

¿Qué habría hecho Quinn al enterarse de que se había marchado sin él? ¿Habría vuelto a Londres? ¿Debería llamarlo o esperar a que la llamara él? Si fueran una pareja de verdad, no se preocuparía por esos detalles… Las parejas estaban unidas en lo bueno y en lo malo.

A pesar de que se conocían desde la universidad, eran como extraños el uno para el otro. Vivir juntos sería como hablar de una receta para el caos… Y todo porque ella se negaba a aceptar un compromiso.

–¡Tiene que parar!

El hombre que en ese momento iba a subirse al taxi que tenía delante, se hizo a un lado y le abrió la puerta para que ella lo ocupase.

Rowena sonrió ante aquella muestra de caballerosidad, sin darse cuenta de que había hablado en voz alta.

Holly la estaba esperando en la entrada del hospital.

–¿De verdad está bien? –le preguntó Rowena abrazando con fuerza a su hermana–. No me lo dirías solo para tranquilizarme por teléfono, ¿verdad?

–Ven y compruébalo tú misma –respondió Holly con una sonrisa–. Aunque tendría que haberte prevenido… No está siendo precisamente una paciente fácil.

–¿Puedo sentarme un momento? –le preguntó ella–. Me siento un poco mareada.

–No me extraña, después de tu espantoso viaje. Estábamos muy preocupados por no poder contactar contigo, pero sabíamos que con Quinn estarías a salvo.

La risa de Rowena hizo que Holly la mirase con atención.

–¿Quieres que te traiga algo? –le preguntó haciendo que se sentara en una silla–. ¿Un vaso de agua?

–No, estoy bien. He estado tan preocupada que no quería hacerme ilusiones.

–Te comprendo –su hermana le apretó la mano–. Pero hay algo más, ¿verdad? –añadió con su perspicacia habitual.

Una parte de Rowena quería contarle toda la historia… y lo del embarazo. Pero aquel no era el lugar ni el momento para una confesión semejante.

–Me haría falta un poco de azúcar. No he comido nada desde el desayuno.

–¿Quieres una chocolatina o algo parecido?

–Sí, por favor.

Holly se fue a buscarla y Rowena tuvo tiempo para poner en orden sus emociones.

–¿Cómo está la abuela? –le preguntó cuando las dos estuvieron caminado por el pasillo–. ¿Le han quedado secuelas graves o…?

–La encontrarás tan cortante como siempre –contestó Holly–. Su inteligencia no se ha visto afectada en absoluto, ya que solo ha sufrido el ataque en el lado izquierdo. Ha tenido suerte de conservar algunas funciones motrices. Supongo que lo que más te llamará la atención será su cara –se tocó su propia mejilla–. El extremo de la boca lo tiene caído, pero no tiene disfasia.

–Háblame en cristiano, Holly. No soy médico; soy una simple editora.

–No le ha afectado al habla.

Pronto Rowena pudo comprobar que era cierto.

–Bueno, pues sí que has tardado en venir –le dijo Elspeth cuando la vio entrar en la habitación.

–¡Abuela! –gritó Rowena, y corrió hacia ella. Se sentó en la cama con los ojos llenos de lágrimas.

–Te vas a estropear el maquillaje –le previno la anciana.

–No llevo.

–No –corroboró su hermana con un suspiro–. Es su piel natural. ¿Verdad que es para morirse de envidia?

–Holly, me parece que has encontrado a alguien que te aprecia tal y como eres –la reprendió su

abuela, antes de volverse hacia su nieta mayor–.
Dame un abrazo, niña, que no me voy a romper.

Rowena miró dudosa a su madre, que estaba
sentada junto a la cama, y ella asintió.

–Siento muchísimo haber tardado tanto en
venir, abuela –le dijo después de abrazarla.

–Ya veo que has corrido una gran aventura
para llegar hasta aquí, aunque tu hombre no me
ha contado todos los detalles.

–¿Mi hombre...? No... no entiendo...

–Ella no sabe que Quinn está aquí, abuela
–intervino Holly–. Aún no lo ha visto.

Rowena se puso pálida al oír aquello.

–¿Aquí? –balbuceó–. ¡Pero eso es imposible!
Tomé el primer avión y él estaba...

–Convenciendo a un viejo amigo para que lo
trajera en helicóptero.

Lo primero que pensó Rowena fue que era
un comportamiento típico de Quinn. Lo segundo fue estremecerse de miedo.

–Entonces... está aquí, en Inverness

Se lo había imaginado en Londres y flirtean-
do con morenas en el motel, pero en ningún momento se lo había imaginado allí.

–De hecho, está aquí, en el hospital –dijo
Holly–. Niall y él han llevado a papá y al abuelo
a comer algo. Estarán a punto de volver.

–¡Oh, Dios mío! Espero que no te haya aburrido mucho... –le dijo a su abuela.

–Bueno, ha sido un alivio hablar con alguien
que no te trata como si estuvieras al borde de la
muerte.

–Sí. Quinn es un hombre encantador, Rowena –confirmó su madre.

–Sin mencionar lo terriblemente guapo que es –añadió Holly con una sonrisa.

Rowena tragó saliva, incapaz de devolverle la sonrisa.

–Id en busca de ellos, chicas –dijo la abuela–. Me apetece dormir un poco.

–Yo me quedaré –dijo Rowena.

–De eso nada. Ya se queda tu madre conmigo, ¿verdad, Hellen?

Las dos hermanas se miraron. Sabían que era imposible discutir con la abuela.

–¿Quieres que vaya a la cafetería para ver si siguen ahí? –le sugirió Holly.

–¡Claro que no! –Rowena no estaba segura de muchas cosas, pero sí de que no tenía prisa en enfrentarse con Quinn.

–Nos asustamos mucho cuando lo vimos aparecer sin ti, pero cuando nos contó cómo te habías largado nos echamos todos a reír... ¡Incluso Niall se rio!

–¿Por qué dices «incluso Niall»?

–Bueno, no se habían visto desde la última vez y…

–¿Y qué pasó la última vez que se vieron Niall y Quinn?

–Veo que no te lo ha dicho... –dijo su hermana con un gesto de preocupación.

–¿Decirme qué?

–No creo que le guste que sea yo quien te lo diga, Rowena.

—Me importa un bledo lo que le guste o no.

—Bueno —aceptó con un suspiro—, la última vez que se vieron fue una mañana en tu casa, mientras tú estabas en América, y Niall... Niall...

—¿Niall qué?

—Niall le pegó a Quinn... lo derribó. Por suerte, Quinn estaba con el síndrome del día después, ya me entiendes, y la cosa no acabó en pelea.

—Sí, bueno, pero... ¿qué hacían los dos en mi casa por la mañana?

—Eh... Quinn había llegado la noche antes...

—¿La noche antes?

—Sí, estaba tan borracho como una cuba.

—¡Pero si Quinn no bebe! —protestó Rowena.

—Puede que no, pero aquella noche te aseguro que sí bebió.

—¿Y qué hizo?

—Se acostó en tu cama...

—¿La que estabas usando tú? —la sangre se le heló en las venas al pensar en Holly y él... en su propia cama...

—Sí, yo había ido a Londres para ver a Niall, y me quedé a dormir en tu casa, como siempre hacía —explicó Holly con voz inocente—. La verdad es que no tuve agallas para echarlo, al pobre. A la mañana siguiente, se presentó Niall y pilló a Quinn saliendo de la ducha...

—Sí, ya me imagino lo que pasó —dijo Rowena torciendo el labio en una mueca de asco.

—Sí, bueno, ya sabes cómo se pone Niall a veces —Holly sonrió al recordar los defectos de su novio.

Rowena no podía creer lo que estaba oyendo. ¿Qué podían ver hombres como Niall y Quinn en una mujer como su hermana? Aparte de su pelirroja melena, su cuerpo escultural, su sonrisa seductora y su fogoso carácter… ¡nada!

–Creo que tienes suerte de que Niall sea tan tolerante contigo.

–¿Qué? –Holly la miró perpleja.

–Si quieres conservar a Niall, Holly –Rowena le dedicó una sonrisa despectiva–, tendrás que enmendarte, porque Niall no aceptará ese comportamiento de su esposa. Y, sinceramente, creo que merece algo mejor.

Se dio la vuelta y dejó a Holly boquiabierta en medio del pasillo.

Rowena no sabía adónde iba, pero si quedaba con su hermana, no podría contener el deseo de zarandearla con violencia. Holly se lo había contado como si nada… Y en cuanto a Quinn… ese maldito cerdo había tomado su borrachera como excusa para cometer un acto repugnante,

Quinn, el hombre íntegro, había resultado ser un hombre despreciable sin escrúpulos.

Bueno, ya era demasiado tarde. Se había enamorado de un cretino y llevaba un hijo suyo.

Al menos ya no tendría que vivir con él. Era mejor enfrentarse sola a la maternidad que volver un día a casa y encontrárselo con otra.

Cuando Quinn la encontró, Rowena ya se había secado las lágrimas de mujer traicionada y había adoptado su frialdad característica.

–Fuera de mi vista, maldito bastardo –le gritó

al verlo aparecer por el pasillo. En ese momento, pasaba junto a ella un auxiliar, que dio un respingo al oírla.

–Has asustado al pobre hombre.

–No iba dirigido a él.

–Ya me lo imagino –respondió suavemente–. ¿Has tenido un buen viaje, Rowena?

–No estabas allí –se limitó a decir ella.

–No le ha pasado nada a tu abuela, ¿verdad?

–No, está bien.

–Me quedé muy preocupado cuando vi que habías dejado el motel –realmente fue más que una simple preocupación, reconoció para sí mismo al recordar al ataque de histeria que le produjo la nota.

–Puedo cuidar de mí yo sola.

–Lo sé, pero me gusta cuidar de ti.

–Y supongo que también te gusta cuidar de Holly –dijo ella con una risa amarga.

No te entiendo.

–No te hagas el inocente. ¡Lo sé todo! –exclamó con una mirada triunfante.

–No sabía que se te diera tan bien el teatro –se burló el.

–Sé que te acostaste con Holly en mi cama, así que no intentes negarlo. Me lo ha contado ella misma.

–Permíteme que lo dude.

–Bueno, puede que Niall esté lo bastante loco como para perdonarte, ¡pero yo no! Me alegra que te diera un buen puñetazo, y espero que te doliera.

–Sí, dolió –reconoció él con una sonrisa, pasándose la mano por la mandíbula.

–¡Me alegro mucho! –la declaración fue interrumpida por el sollozo que le sacudió el cuerpo.

–Esto ya ha ido demasiado lejos –dijo él con firmeza, y la agarró por la cintura.

–¿Qué haces? ¡Suéltame o me pongo a gritar!

Antes de que pudiera hacerlo, Quinn abrió una puerta que tenía al lado y la hizo entrar. Dentro, había un joven con una bata blanca leyendo un periódico.

–Déjanos solos –le ordenó Quinn señalando con la cabeza hacia la puerta.

–Desde luego, señor.

Rowena observó asombrada cómo el hombre se marchaba a toda prisa.

–¿Te conoce? –le preguntó. Quinn no llevaba nada en su atuendo que lo identificase como médico.

–No lo creo.

–Entonces, ¿por qué se ha ido?

–Porque sabía que queríamos estar solos.

–Bueno, pues se equivoca. ¡No quiero estar sola contigo nunca más!

–Pues lo siento, pero no tienes otra opción.

–¿Qué piensas hacer? ¿Encerrarme?

–No, casarme contigo.

Rowena se quedó sin palabras.

–Pero antes quiero aclarar un par de cosas sobre lo que pasó en tu casa. Me enteré de que volverías el fin de semana, y esperé a que me llamaras… pero no lo hiciste.

–Ah, ya, entonces tengo yo la culpa de que te metieras en la cama con Holly.

–Yo no me metí en la cama con nadie –dijo él con un ligero gruñido–. ¡Por Dios, Rowena, ni siquiera me he fijado en otra mujer desde que entraste en mi vida! –la agarró con fuerza y la atrajo hacia él–. Estoy tan enamorado de ti, que llevo meses sin poder pensar con claridad. ¿Por qué crees que fui a tu apartamento aquella noche? ¡Desde luego, no para hablar del tiempo! Ya te he dicho que pensaba que habías vuelto. Me paré por el camino para tomar una cerveza que me diera valor, pero una condujo a la otra y... llegué a tu casa completamente borracho –hizo una mueca de asco–. Patético, ¿verdad?

–Estar borracho no es excusa para acostarte con Holly –dijo ella con menos firmeza que nunca.

–¡Por amor de Dios! No hicimos nada. La pobre chica me permitió compartir la cama, solo eso. Pero a la mañana siguiente, Niall nos sorprendió así y... Bueno, al menos fue un alivio descubrir que Holly y él formaban pareja. La verdad es que estaba muy celoso de él.

–Pero eso es ridículo –protestó ella al ver el sufrimiento en los ojos de Quinn–. ¿Por qué estabas celoso? Yo jamás lo he amado –gritó–. No he amado a ningún hombre... ¡hasta que llegaste tú!

–¡Dímelo otra vez! –exclamó él.

–Ni hablar –ella negó con la cabeza–. Ya ha sido bastante duro la primera vez –lo miró tími-

damente, sorprendida de que algo tan maravilloso la hubiera asustado tanto. ¡Quinn la amaba!

–¿Crees que es malo estar enamorada de mí?
–le preguntó él con voz suave.

–No, ¡es lo mejor que me ha pasado en la
vida! –declaró con entusiasmo mientras lo aga-
rraba por las solapas de la chaqueta–. Y eso de-
muestra que al fin he perdido el juicio... Pero,
¡es fantástico!

–O tal vez hayas encontrado el juicio –dijo, y
la besó larga y apasionadamente.

–Tal vez –reconoció ella cuando se apartaron.

–En mi opinión, el amor es una especie de
cordura en un mundo de locos.

A Rowena le encantó aquel punto de vista.

–Temía perder mi… mi personalidad –confesó ella–. Pensaba que el amor era eso, pero no
es así… Me siento…

–¿Completa?

–Sabía que lo entenderías –dijo con un suspiro de placer. Entonces, se acordó de las cosas tan
horribles que le había dicho a su hermana–. ¡Oh,
Dios mío! Si no hiciste el amor con Holly…

–Creía que ya lo habíamos dejado claro.

Rowena lo besó varias veces en los labios
para demostrarle que confiaba en su inocencia.

–No lo entiendes. Le dije a Holly algo espantoso. Realmente espantoso.

–Tranquila. Siente debilidad por mí. Hablaré
con ella.

–No dejes que Niall lo escuche –le advirtió
ella–. No quiero que vuelva a pegarte.

–Eso fue porque yo estaba en un estado lamentable –se quejó Quinn.

–Claro que sí, cariño, no te preocupes. Además, siempre he sentido debilidad por los blandengues –dijo en tono jocoso– Cuando volví de Nueva York ese fin de semana, era solo para verte a ti –le confesó con voz ronca–. Te echaba tanto de menos… No hacía más que pensar en si habría algún modo de arreglarlo todo. Incluso llamé a tu casa una vez, pero cuando oí tu voz no pude decir nada. De modo que regresé a Nueva York. Ojalá hubiera estado aquella noche en el lugar de Holly.

–Estaba en un estado lamentable.

–Tú siempre estás guapo.

–¿Con esta cara? –bromeó él.

–De acuerdo, entonces dejémoslo en atractivo –concedió ella–. En cuanto al matrimonio, Quinn…

–¿Crees que es muy pronto y necesitas un periodo de prueba? Podré soportarlo –no sería fácil pero no tenía elección. Necesitaba a Rowena desesperadamente.

–Tú, quizá, pero yo no podré.

Quinn la miró con incredulidad.

–Pero necesito saber si solo quieres casarte por el bebé –examinó con ansiedad su rostro.

–El bebé no tiene nada que ver con esto –le dijo él enérgicamente–. No me interpretes mal… Me encanta la idea de ser padre, pero quería que fueras mi mujer desde mucho antes de enterarme de tu embarazo.

Rowena se relajó al instante.

—En ese caso, date prisa en pedírmelo.

—¿No lo he hecho ya?

—No, no me lo has pedido. Solo declaraste tu intención, y a una mujer le gusta que se lo pidan. Pero tranquilo… —añadió con una sonrisa encantadora—, voy a decir que sí.

Era increíble cómo una sola palabra podía cambiar la vida de un hombre para siempre, pensó Quinn mientras se arrodillaba a los pies de su futura esposa.

Epílogo

ROWENA le echó una rápida mirada al estofado de carne y judías antes de volver con los invitados. Lo bueno de esa comida era que no se echaba a perder, y en una casa donde lo inesperado estaba a la orden del día aquello era muy útil.

Lo inesperado tenía que ver muchas veces con Adam. El pequeño de dos años debía de estar durmiendo en el piso de arriba, pero los ruidos que se oían por el interfono indicaban que no era así.

Y su pobre padre, que había subido a verlo, no se había enterado de que el interfono estaba encendido, a juzgar por la desafinada interpretación de *One Man Went to Mow* con la que involuntariamente obsequiaba a los invitados.

–Es reconfortante saber que hay algo en lo que Quinn no sea brillante –comentó uno de sus colegas mientras Rowena le llenaba el vaso de vino.

–No sé que decirte –le replicó su esposa–. A mí me parece que tiene una bonita voz.

–Cariño, me parece que te has quedado sin oído…

–Esa voz es lo único que consigue que Adam se duerma –les dijo Rowena severamente–. De modo que cuando baje Quinn, no quiero oír ninguna burla de… ¡Niall! –le gritó a su cuñado.

–¿Me crees capaz de reírme de él? –preguntó Niall con expresión inocente.

–No, si sabes lo que te conviene –le dijo Holly, que, al igual que él, se estaba desternillando de risa.

Rowena los miró con una sonrisa tolerante. Reconocía haberlos juzgado mal, y a pesar de sus personalidades opuestas, el matrimonio de su hermana parecía seguir en su luna de miel.

–Lo siento, chicos, pero creo que cenaremos tarde. Adam no se duerme hasta haber escuchado esa canción por lo menos una docena de veces –bajó el volumen del interfono y se sentó en un sillón–. Espero que este no sea tan llorón –dijo dándose una palmadita en la barriga.

Su hermana le puso un cojín bajo los pies. Los tenía hinchados, debido a la última fase de su embarazo.

–Ya falta poco –le dijo con una sonrisa.

Rowena la miró cariñosamente y pensó en cómo habían cambiado las cosas durante los dos últimos años. Antes le hubiera parecido impensable no agobiarse por una comida a destiempo, o por la cantidad de ropa que había sin planchar, o por la verja del jardín que Quinn tenía que arreglar.

Pero las novedades también habían llegado a la revista. Tras dos reuniones de la junta directiva, se habían mostrado dispuestos a dar facilidades a las madres con niños.

Por su parte, Rowena se había convertido en una escritora mundialmente conocida, y su libro era líder de ventas a ambos lados del Atlántico.

—¿Quién va a hacer de ti en la película, Rowena? —le preguntó Niall metiéndose un puñado de aceitunas en la boca.

—¡Niall, no hables con la boca llena! —le reprendió su mujer dándole un golpecito cariñoso en la cabeza.

—Creo que Gwyneth Paltrow, o tal vez Michelle Pfeiffer —bromeó su marido—. Aunque ya no tengas el mismo cuerpo espectacular que antes…

—Vaya, gracias, Niall, pero yo no me encargo del reparto. Solo escribo los guiones.

—Y todo gracias a que Quinn mandó tus notas a una editorial… —dijo Holly.

Rowena asintió. Al principio no le gustó que Quinn quisiera publicar lo que había escrito sobre su embarazo y sus primeros meses como madre. Pero su enfado se transformó en asombro cuando empezó a recibir elogios de todo el mundo.

Se produjo un silencio en la conversación y pudo oírse el murmullo de Quinn por el altavoz.

—Buenas noches, campeón, que duermas bien.

El amor que irradiaban sus palabras le produjo a Rowena un nudo en la garganta.

–Demonios. ¿Cómo puedo ser tan afortunado? Rowena, tú, y dentro de poco, el bebé… Supongo que sabrás que tienes la mejor madre posible, y que si esto es un sueño no quiero despertar.

Nadie dijo nada cuando Rowena apagó el interfono y miró a sus invitados.

–Nunca está encendido.

–¿El qué no está nunca encendido? –preguntó Niall con un guiño.

–Gracias –dijo ella tragando saliva.

Se fue a la cocina y poco después entró Quinn.

–¿Se ha dormido?

–Al fin –respondió él abrazándola por la cintura–. ¿Crees que podré volver a abarcar tu cintura con las manos? –le preguntó jocosamente mientras aspiraba la dulce fragancia de sus cabellos.

–No lo creo –respondió ella, sintiendo que el amor le estallaba en el pecho. Se dio la vuelta y, sujetándole la cara entre las manos, le dio un beso lleno de pasión.

–¿Y eso? –le preguntó él cuando se apartaron ligeramente.

–Solo por ser tú –dijo ella–. Por amarme y hacerme la persona más feliz del mundo. ¿Te parece razón suficiente?

–Me parece razón suficiente –repitió Quinn pasándole la lengua por las labios.

–¡Nuestros invitados tienen hambre!

–Y yo… –dijo él con un gruñido.

Rowena se había convertido en una experta en establecer prioridades, y no tuvo problemas para decidir lo que era más importante… No, cuando estaba casada con el hombre que mejor besaba del mundo.

Acepte 2 de nuestras mejores novelas de amor GRATIS

¡Y reciba un regalo sorpresa!

Oferta especial de tiempo limitado

Rellene el cupón y envíelo a
Harlequin Reader Service®
3010 Walden Ave.
P.O. Box 1867
Buffalo, N.Y. 14240-1867

¡Sí! Por favor, envíenme 2 novelas de amor de Harlequin (1 Bianca® y 1 Deseo®) gratis, más el regalo sorpresa. Luego remítanme 4 novelas nuevas todos los meses, las cuales recibiré mucho antes de que aparezcan en librerías, y factúrenme al bajo precio de $2,99 cada una, más $0,25 por envío e impuesto de ventas, si corresponde*. Este es el precio total, y es un ahorro de más del 10% sobre el precio de portada. ¡Una oferta excelente! Entiendo que el hecho de aceptar estos libros y el regalo no me obliga en forma alguna a la compra de libros adicionales. Y también que puedo devolver cualquier envío y cancelar en cualquier momento. Aún si decido no comprar ningún otro libro de Harlequin, los 2 libros gratis y el regalo sorpresa son míos para siempre.

416 BPA CESL

Nombre y apellido   (Por favor, letra de molde)

Dirección   Apartamento No.

Ciudad   Estado   Zona postal

Esta oferta se limita a un pedido por hogar y no está disponible para los subscriptores actuales de Deseo® y Bianca®.
*Los términos y precios quedan sujetos a cambios sin aviso previo.
Impuestos de ventas aplican en N.Y.

SPB-198   ©1997 Harlequin Enterprises Limited

Bianca®...
la seducción y fascinación del romance

No te pierdas las emociones que te brindan los títulos de Harlequin® Bianca®.

¡Pídelos ya! Y recibe un descuento especial por la orden de dos o más títulos.

HB#33547	UNA PAREJA DE TRES	$3.50 ☐
HB#33549	LA NOVIA DEL SÁBADO	$3.50 ☐
HB#33550	MENSAJE DE AMOR	$3.50 ☐
HB#33553	MÁS QUE AMANTE	$3.50 ☐
HB#33555	EN EL DÍA DE LOS ENAMORADOS	$3.50 ☐

(cantidades disponibles limitadas en algunos títulos)

CANTIDAD TOTAL	$ _____
DESCUENTO: 10% PARA 2 Ó MÁS TÍTULOS	$ _____
GASTOS DE CORREOS Y MANIPULACIÓN	$ _____
(1$ por 1 libro, 50 centavos por cada libro adicional)	
IMPUESTOS*	$ _____
TOTAL A PAGAR	$ _____
(Cheque o money order—rogamos no enviar dinero en efectivo)	

Para hacer el pedido, rellene y envíe este impreso con su nombre, dirección y zip code junto con un cheque o money order por el importe total arriba mencionado, a nombre de Harlequin Bianca, 3010 Walden Avenue, P.O. Box 9077, Buffalo, NY 14269-9047.

Nombre: _____

Dirección: _____ Ciudad: _____

Estado: _____ Zip Code: _____

Nº de cuenta (si fuera necesario):_____

*Los residentes en Nueva York deben añadir los impuestos locales.

Harlequin Bianca®

CBBIA3

Lee estaba muy contenta por poder contar con el célebre magnate australiano Damien Moore para ayudar a su familia. Era un abogado brillante y, además, guapísimo. Lee lo admiraba mucho, pero se quedó estupefacta cuando se vio obligada a casarse con él por culpa de un vacío legal...

Damien estaba igualmente asombrado, y le aseguró a Lee que el matrimonio sería temporal y, por supuesto, de conveniencia... Pero no había nada de falso en la pasión que sentían. Eran marido y mujer en público y en privado. ¿Se convertiría su matrimonio en algo real?

Marido y mujer

Lindsay Armstrong

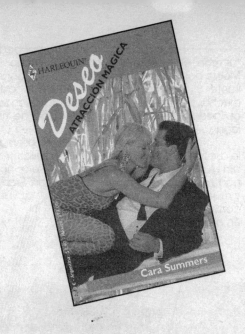

¿Sería posible que una falda funcionase como un imán para los hombres? La escritora Chelsea Brockway no lo creía en absoluto, pero quería que esa idea le sirviera para conseguir una columna mensual en una revista. Solo que cuando se decidió a experimentar con la falda, ¡descubrió asombrada que funcionaba de verdad! De repente, todos los hombres caían rendidos a sus pies. Incluso su nuevo y atractivo jefe.

Zach McDaniels estaba dejando bien claro que quería acostarse con Chelsea. Lo malo era que también quería despedirla...

PÍDELO EN TU PUNTO DE VENTA